阅读之前 没有真相

午 夜 文 库

阿加莎·克里斯蒂

其他系列及非系列

阿加莎·克里斯蒂

Agatha Christie (1890—1976)

无可争议的侦探小说女王，侦探文学史上最伟大的作家之一。

阿加莎·克里斯蒂原名为阿加莎·玛丽·克拉丽莎·米勒，一八九〇年九月十五日生于英国德文郡托基的阿什菲尔德宅邸。她几乎没有接受过正规的教育，但酷爱阅读，尤其痴迷于歇洛克·福尔摩斯的故事。

第一次世界大战期间，阿加莎·克里斯蒂成了一名志愿者。战争结束后，她创作了自己的第一部侦探小说《斯泰尔斯庄园奇案》。几经周折，作品于一九二〇年正式出版，由此开启了克里斯蒂辉煌的创作生涯。一九二六年，《罗杰疑案》由哈珀柯林斯出版公司出版。这部作品一举奠定了阿加莎·克里斯蒂在侦探文学领域不可撼动的地位。之后，她又陆续出版了《东方快车谋杀案》、《ABC 谋杀案》、《尼罗河上的惨案》、《无人生还》、《阳光下的罪恶》等脍炙人口的作品。时至今日，这些作品依然是世界侦探文学宝库里最宝贵的财富。根据她的小说改编而成的舞台剧《捕鼠器》，已经成为世界上公演场次最多的剧目；而在影视改编方面，《东方快车谋杀案》为英格丽·褒曼斩获奥斯卡大奖，《尼罗河上的惨案》更是成为几代人心目中的经典。

阿加莎·克里斯蒂的创作生涯持续了五十余年，总共创作了八十余部侦探小说。她的作品畅销全世界一百多个国家和地区，累计销量已经突破二十亿册。她创造的小胡子侦探波洛和老处女侦探马普尔小姐为读者津津乐道。阿加莎·克里斯蒂是柯南·道尔之后最伟大的侦探小说作家，是侦探文学黄金时代的开创者和集大成者。一九七一年，英国女王授予克里斯蒂爵士称号，以表彰其不朽的贡献。

一九七六年一月十二日，阿加莎·克里斯蒂逝世于英国牛津郡沃灵福德家中，被安葬于牛津郡的圣玛丽教堂墓园，享年八十五岁。

阿加莎·克里斯蒂 侦探作品年表

波洛系列

1920　The Mysterious Affair at Styles《斯泰尔斯庄园奇案》

1923　Murder on the Links《高尔夫球场命案》

1924　Poirot Investigates《首相绑架案》

1926　The Murder of Roger Ackroyd《罗杰疑案》

1927　The Big Four《四魔头》

1928　The Mystery of the Blue Train《蓝色列车之谜》

1932　Peril at End House《悬崖山庄奇案》

1933　Lord Edgware Dies《人性记录》

1934　Murder on the Orient Express《东方快车谋杀案》

1935　Three—Act Tragedy《三幕悲剧》

1935　Death in the Clouds《云中命案》

1936　The ABC Murders《ABC 谋杀案》

1936　Murder in Mesopotamia《古墓之谜》

1936　Cards on the Table《底牌》

1937　Dumb Witness《沉默的证人》

1937　Death on the Nile《尼罗河上的惨案》

1937　Murder in the Mews《幽巷谋杀案》

1938　Appointment with Death《死亡约会》

1938　Hercule Poirot′s Christmas《波洛圣诞探案记》

1940　Sad Cypress《H 庄园的午餐》

1940　One, Two, Buckle My Shoe《牙医谋杀案》

1941　Evil Under the Sun《阳光下的罪恶》

1943　Five Little Pigs《五只小猪》

1946　The Hollow《空幻之屋》

1947　The Labours of Hercules《赫尔克里·波洛的丰功伟绩》

1948　Taken at the Flood《致命遗产》

1952　Mrs. McGinty′s Dead《清洁女工之死》

1953　After the Funeral《葬礼之后》

1955　Hickory Dickory Dock《山核桃大街谋杀案》

1956　Dead Man′s Folly《弄假成真》

1959　Cat Among the Pigeons《鸽群中的猫》

1960　The Adventure of the Christmas Pudding《雪地上的女尸》

1963 The Clocks《怪钟疑案》
1966 Third Girl《第三个女郎》
1969 Hallowe′en Party《万圣节前夜的谋杀》
1972 Elephants Can Remember《大象的证词》
1974 Poirot′s Early Stories《蒙面女人》
1975 Curtain—Poirot′s Last Case《帷幕》

马普尔小姐系列

1930 The Murder at the Vicarage《寓所谜案》
1932 The Thirteen Problems《死亡草》
1942 The Body in the Library《藏书室女尸之谜》
1943 The Moving Finger《魔手》
1950 A Murder Is Announced《谋杀启事》
1952 They Do It with Mirrors《借镜杀人》
1953 A Pocket Full of Rye《黑麦奇案》
1957 4.50 from Paddington《命案目睹记》
1962 The Mirror Crack′d from Side to side《破镜谋杀案》
1964 A Caribbean Mystery《加勒比海之谜》
1965 At Bertram′s Hotel《伯特伦旅馆》
1971 Nemesis《复仇女神》
1976 Sleeping Murder《沉睡谋杀案》
1979 Miss Marple′s Final Cases《马普尔小姐最后的案件》

其他系列及非系列

1922 The Secret Adversary《暗藏杀机》
1924 The Man in the Brown Suit《褐衣男子》
1925 The Secret of Chimneys《烟囱别墅之谜》
1929 Partners in Crime《犯罪团伙》
1929 The Seven Dials Mystery《七面钟之谜》
1930 The Mysterious Mr. Quin《神秘的奎因先生》
1931 The Sittaford Mystery《斯塔福特疑案》
1933 The Witness for the Prosecution and Other Stories《控方证人》
1934 Why Didn′t They Ask Evans?《悬崖上的谋杀》
1934 The Listerdale Mystery《金色的机遇》

阿加莎·克里斯蒂 侦探作品年表

1934 Parker Pyne Investigates《惊险的浪漫》
1939 Murder Is Easy《逆我者亡》
1939 And Then There Were None《无人生还》
1941 N or M?《桑苏西来客》
1944 Towards Zero《零点》
1945 Sparkling Cyanide《死亡的怀念》
1945 Death Comes as the End《死亡终局》
1949 Crooked House《怪屋》
1950 Three Blind Mice and Other Stories《三只瞎老鼠》
1951 They Came to Baghdad《他们来到巴格达》
1954 Destination Unknown《地狱之旅》
1958 Ordeal by Innocence《奉命谋杀》
1961 The Pale Horse《灰马酒店》
1967 Endless Night《长夜》
1968 By the Pricking of My Thumbs《煦阳岭的疑云》
1970 Passenger to Frankfurt《天涯过客》
1973 Postern of Fate《命运之门》
1997 While the Light Lasts《灯火阑珊》

出版前言

纵观世界侦探文学一百七十余年的历史，如果说有谁已经超脱了这一类型文学的类型化束缚，恐怕我们只能想起两个名字——一个是虚构的人物歇洛克·福尔摩斯，而另一个便是真实的作家阿加莎·克里斯蒂。

阿加莎·克里斯蒂以她个人独特的魅力创造了侦探文学史上无数的传奇：她的创作生涯长达五十余年，一生撰写了八十余部侦探小说；她开创了侦探小说史上最著名的“黄金时代”；她让阅读从贵族走入家庭，渗透到每个人的生活中；她的作品被翻译成一百多种文字，畅销全球一百五十余个国家，作品销量与《圣经》、《莎士比亚戏剧集》同列世界畅销书前三名；她的《罗杰疑案》、《无人生还》、《东方快车谋杀案》、《尼罗河上的惨案》都是侦探小说史上的经典；她是侦探小说女王，因在侦探小说领域的独特贡献而被册封为爵士；她是侦探小说的符号和象征。她本身就是传奇。沏一杯红茶，配一张躺椅，在暖暖的阳光下读阿加莎的小说是一种生活方式，是惬意的享受，也是一种态度。

午夜文库成立之初就试图引进阿加莎的作品，但几次都与版权擦肩而过。随着午夜文库的专业化和影响力日益增强，阿加莎·克里斯蒂的版权继承人和哈珀柯林斯出版公司主动要求将版权独家授予新星出版社，并将阿加莎系列侦探小说并入午夜文库。这是对我们长期以来执著于侦探小说出版的褒奖，是对我们的信任与鼓励，更是一种压力和责任。

新版阿加莎·克里斯蒂作品由专业的侦探小说翻译家以最权威的英文版本为底本，全新翻译，并加入双语作品年表和阿加莎·克里斯蒂家族独家授权的照片、手稿等资料，力求全景展现“侦探女王”的风采与魅力。使读者不仅欣赏到作家的巧妙构思、离奇桥段和睿智语言，而且能体味到浓郁的英伦风情。

阿加莎作品的出版是一项系统工程，规模庞大，我们将努力使之臻于完美。或存在疏漏之处，欢迎方家指正。

新星出版社

午夜文库编辑部

Agatha Christie

Over the next few years, we plan to celebrate two very important Agatha Christie anniversaries. In 2015, it is the 125th anniversary of her birth in Torquay, South Devon, England, and in 2020 it will be 100 years after her first book, THE MYSTERIOUS AFFAIR AT STYLES, featuring her famous detective, Hercule Poirot, was published. This is therefore a very appropriate moment to publish a new edition of her works, and I am delighted that HarperCollins has chosen to work with New Star on these new editions. New Star is China's top crime publisher, and has a strong and dedicated editorial staff and a confirmed passion for Agatha Christie, making them the ideal partner. It is the right time to make these classic books available in modern translations and so to bring Agatha Christie's books anew to her many fans in China, giving them a new reason to re-read these much-loved stories, as well as introducing them to a whole new audience. How delighted Agatha Christie would have been that her stories (as she called them) are still giving so much pleasure to so many people all over the world!

I think there are two very remarkable things about Agatha Christie's stories. The first is that they are so adaptable. It doesn't really matter which language they appear in, the stories and the plots still give the same thrill, still provide the same puzzles, and the characters still have the same attraction. Readers in China will I am sure enjoy Hercule Poirot and Miss Marple just as much as we do in England, and readers in China will still be transfixed by the surprises and horrors of AND THEN THERE WERE NONE, one of the great classics of 20th century detective fiction, as we are here.

Agatha Christie

The second is that the stories give a wonderful picture of England, particularly rural England, at the time Agatha Christie lived. She wrote books from 1920 until 1970 but it is sometimes hard to tell which part of her life each book was written in. Her characters and the life they lived were very much the same. The life we all live is changing very quickly these days but "the Agatha Christie world" stays the same. Perhaps the Miss Marple stories provide the best example of this, and in some ways, THE BODY IN THE LIBRARY and NEMESIS are quite similar, despite the fact that thirty years elapsed between the time they were written.

Perhaps I might end by mentioning three Agatha Christies (other than the ones mentioned above) which I think demonstrate why she is so popular, even in the twenty-first century. The first is MURDER ON THE ORIENT EXPRESS, one of the most famous with one of the most ingenious and human plots. Read this on one of your long train journeys in China! Next is A MURDER IS ANNOUNCED, a Miss Marple which was her 50th book. It has my favourite murderer in it! And last is ENDLESS NIGHT a story about evil and how it affects three young people, written at the time when I knew her best, and understood how deeply she cared and sympathised with young people and the world they lived in.

Whichever are <u>your</u> favourites I hope you enjoy these stories that New Star are introducing to you again. I think it is a great publishing event.

Mathew Prichard

Grandson of Agatha Christie

Chairman of Agatha Christie Ltd

致中国读者

（午夜文库版阿加莎·克里斯蒂作品集序）

在接下来的几年中，我们一直在筹备两个非常重要的关于阿加莎·克里斯蒂的纪念日。二〇一五年是她的一百二十五岁生日——她于一八九〇年出生于英国的托基市；二〇二〇年则是她的处女作《斯泰尔斯庄园奇案》问世一百周年的日子，她笔下最著名的侦探赫尔克里·波洛就是在这本书中首次登场。因此新星出版社为中国读者们推出全新版本的克里斯蒂作品正是恰逢其时，而且我很高兴哈珀柯林斯选择了新星来出版这一全新版本。新星出版社是中国最好的侦探小说出版机构，拥有强大而且专业的编辑团队，并且对阿加莎·克里斯蒂的作品极有热情，这使得他们成为我们最理想的合作伙伴。如今正是一个良机，可以将这些经典作品重新翻译为更现代、更权威的版本，带给她的中国书迷，让大家有理由重温这些备受喜爱的故事，同时也可以将它们介绍给新的读者。如果阿加莎·克里斯蒂知道她的小故事们（她这样称呼自己的这些作品）仍然能给世界上这么多人带来如此巨大的阅读享受，该有多么高兴啊！

我认为阿加莎·克里斯蒂的作品有两个非常重要的特征。首先它们是非常易于理解的。无论以哪种语言呈现，故事和情节都同样惊险刺激，呈现给读者的谜团都同样精彩，而书中人物的魅力也丝毫不受影响。我完全可以肯定，中国的读者能够像我们英国人一样充分享受赫尔克里·波洛和马普尔小姐带来的乐趣；中国读者也会和我们一样，读到二十世纪最伟大的侦探经典作品——比如《无人生还》——的时候，被震惊和恐惧牢牢钉在原地。

第二个特征是这些故事给我们展开了一幅英格兰的精彩画卷，特别是阿加莎·克里斯蒂那个年代的英国乡村。她的作品写于上世纪二十年代至七十年代间，不过有时候很难说清楚每一本书是在她人生中的哪一段日子里写下的。她笔下的人物，以及他们的生活，多多少少都有些相似。如今，我们的生活瞬息万变，但“阿加莎·克里斯蒂的世界”依旧永恒。也许马普尔小姐的故事提供了最好的范例：《藏书室女尸之谜》与《复仇女神》看起来颇为相似，但实际上它们的创作年代竟然相差了三十年。

最后，我想提三本书，在我心目中（除了上面提过的几本之外）这几本最能说明克里斯蒂为什么能够一直受到大家的喜爱。首先是《东方快车谋杀案》，最著名，也是最机智巧妙、最有人性的一本。当你在中国乘火车长途旅行时，不妨拿出来读读吧！第二本是《谋杀启事》，一个马普尔小姐系列的故事，也是克里斯蒂的第五十本著作。这本书里的诡计是我个人最喜欢的。最后是《长夜》，一个关于邪恶如何影响三个年轻人生活的故事。这本书的写作时间正是我最了解她的时候。我能体会到她对年轻人以及他们生活的世界关心至深。

现在新星出版社重新将这些故事奉献给了读者。无论你最爱的是哪一本，我都希望你能感受到这份快乐。我相信这是出版界的一件盛事。

阿加莎·克里斯蒂外孙

阿加莎·克里斯蒂有限责任公司董事长

马修·普理查德

二〇一三年二月二十日

阿加莎·克里斯蒂侦探作品集53

金色的机遇

The Listerdale Mystery

（英）阿加莎·克里斯蒂 著

梁 尔 译

新 星 出 版 社 NEW STAR PRESS

目 录

利斯特戴尔勋爵失踪之谜

1

圣文森特夫人正在合计数字。她叹了一两次气，手悄悄放到了疼痛的前额上。她一直就不喜欢算数。不幸的是，她现在的人生就是由一种特别的算数组成的——无休无止地把必需的小额支出加到一起得到一个总数，但是计算结果总是让人吃惊、忧虑。

总数不可能会是那个数字！她重新计算了一遍。她在几便士的计算上出了个小小的错误，除此以外的数字都是正确的。

圣文森特夫人又叹了口气。现在她的头疼越发严重了。她看见门开了，女儿芭芭拉走了进来。芭芭拉 · 圣文森特是个非常漂亮的姑娘，她有着母亲精致的面容，以及同样骄傲的头颅，但是她的眼睛不是蓝色而是黑色，嘴巴也不太一样，紧绷却不失吸引力。

“噢！妈妈，”她叫道，“还在跟这些可怕的旧账纠缠吗？把它们都扔进火里烧掉。”

“我们必须知道自己的处境。”圣文森特夫人迟疑地说。

姑娘耸了耸肩膀。

“我们的处境向来如此，”她干巴巴地说，“总是这么艰难，像平常一样就只剩最后一个便士。”

圣文森特夫人再次叹了口气。

“我希望——”她开了个头，但是又停住没说。

“我必须得找点事儿来做，”芭芭拉语气沉重，“而且要快点找。毕竟，我上了速记和打字的课程。但据我所知，大约有一百万个姑娘去应聘这样的工作！‘你有什么经验吗？’‘没有，但是——’‘哦！谢谢，早安。如果录用的话我们会通知你的。’但是从来就没人通知过！我必须找个其他类型的工作——什么工作都行。”

“只是时候未到吧，亲爱的，”她的母亲这样说道，“再多等一段时间。”

芭芭拉走到窗前，失神的眼睛漫不经心地望着对面房子排出来的肮脏黑烟。

“有时候，”她缓缓地说，“我后悔去年冬天让艾米表姐带我去埃及。哦！我知道我玩得很尽兴，因为那可能是我生活中曾经有过或者说将来可能会有的唯一的快乐时刻。我确实过得很快乐，非常快乐。但是也令我非常不安。我是说，回到现实重新面对这一切。”

她伸出手绕着房间挥了一圈。圣文森特夫人的目光紧跟着她，但一接触到女儿的眼神就退缩了。屋子是典型的附带家具的便宜出租屋：一株布满灰尘的一叶兰，只具有装饰性的家具，已经斑驳褪色的俗气墙纸——它们是房客与女房东斗争的标志性结果；一两件本来不错的瓷器，但已满是裂缝和修补痕迹，所以也不值什么钱。沙发后面扔着一件刺绣，上面是一幅穿着二十年前服饰的年轻女性的水彩图。这些离圣文森特夫人非常近，不会让人看错。

“本来也无所谓，”芭芭拉还在说，“如果我们没见过世面的话。但是想想安斯蒂斯的庄园——”

她停住了话头，不相信自己在说那个可爱可亲的家，它几个世纪以来一直属于圣文森特家族，但是现在却已然落入他人之手。

“如果爸爸——没有投机，并且借过——”

“亲爱的，”圣文森特夫人说，“你爸爸无论从哪方面来说，都算不上一个商人。”

她下了一个体面的定论，芭芭拉过来茫然地吻了吻她，嘴里喃喃道：“可怜的妈妈，我什么都没说。”

圣文森特夫人重新拿起钢笔，然后伏案桌前。芭芭拉站回了窗前，不一会儿，她说：

“妈妈。我今早听吉姆·马斯特顿说，他想过来看看我。”

圣文森特夫人放下笔，看上去很严肃。

“来这儿？”她惊呼。

“好吧，我们也没钱邀请他去里茨饭店吃晚餐。”芭芭拉讥讽地说。

她的母亲看上去可不怎么高兴。她再次厌恶地环顾房间。

“你说得没错，”芭芭拉说，“这真是个令人讨厌的地方。贫穷寒酸！听起来似乎挺好，乡间刷成白色的农舍，设计精良的旧印花棉布，玫瑰花碗，提供德比郡的皇冠茶，但是要自己清洗茶碗。那是书里面描绘的。然而现实生活里，一个人要从底层开始熬，这才是真正的伦敦。肮脏的女房东，楼梯上脏兮兮的小孩，混血的房客，味道差劲的早餐鳕鱼，凡此种种。”

“只要——”圣文森特夫人说，“但是，我真的开始害怕了，恐怕连这种房子的房租我们也快负担不起了。”

“这意味着我们要搬去只有一间卧室、起居都在一起的房间——太恐怖了！对你我来说都太恐怖了，”芭芭拉说道，“而且还得为鲁伯特准备一个小橱柜。吉姆来拜访时，我就得在楼下那间糟糕透顶的房间里接待他，周围墙上的斑猫挤在一起盯着我们，还发出可怕的尖叫声！”

一瞬间的安静。

“芭芭拉，”圣文森特夫人最后说道，“你……我是说……你……”

她没有继续说下去，脸微微泛红。

“你不用这么小心翼翼，妈妈，”芭芭拉说，“现在没人这样了。嫁给吉姆，我估计你是要说这个吧？如果他向我求婚，我肯定答应。但是他恐怕不会。”

“哦，芭芭拉，亲爱的。”

“好吧，我同艾米表姐一起出门游玩是一回事——像小说里写的那样——在上流社会中交际是另一回事。他确实喜欢我。现在他要到这儿来见我！他是个有意思的人，你知道，既挑剔又古板。我——我就是喜欢他这点。这让我想起了安斯蒂斯和那个村子，所有的事物都比现在要落后一百年，但是那么……那么……哦！我不知道……那么馥郁芬芳。就像薰衣草一样！”

她笑着，带着一丝因渴望而产生的害羞。圣文森特夫人的语气中有一种认真的质朴。

“我想让你嫁给吉姆·马斯特顿，”她说，“他是我们中的一员。他很富有，不过这点我倒并不是很在意。”

“可是我在意，”芭芭拉说，“我已经厌倦这种艰苦的生活了。”

“但是，芭芭拉，这可不是——”

“你是说就为了这个？是，我就是为了这个。我……哦！妈妈，你看不出来我很在意吗？”

圣文森特夫人很不高兴。

“我希望他能在一个合适的场所见你，亲爱的。”她惆怅地说。

“哦，行了！”芭芭拉说道，“为什么要担心？我们应该尽力尝试，微笑面对生活。对不起，我脾气不太好。振作起来，亲爱的妈妈。”

她弯腰轻轻地亲了她妈妈额头一下，然后走了出去。圣文森特夫人放下账目，在那张不太舒服的沙发上坐下来。她的思绪繁乱，就像松鼠被关进笼子一般。

“说实话，外貌确实会让一个男人动心。不是以后——不是他们真正订婚之后。他会知道她是个多么甜美可人的好姑娘。但是年轻人太容易受到周围环境的影响。鲁伯特，就已经和他从前不一样了。我不是想让我的孩子们都被拘束起来，绝没有那个意思。但是，如果鲁伯特和那个烟草商的糟糕女儿订婚，我可不乐意。我敢说，她可能是个好姑娘，但跟我们不是同类人。这事儿可真是难办。我可怜的小芭芭拉。如果我可以为她做点什么——什么都行。但是钱从哪里来呢？我们已经卖掉所有的东西帮助鲁伯特起步，实在负担不起别的了。”

为了分散注意力，圣文森特夫人拿起《晨报》，浏览了头版的广告。大部分广告她都已经熟记在心。有人需要资产，有人有资产但是急于出手，有人想要买牙齿（她一直都想知道为什么），有人想要卖掉皮毛和袍子，且要价不低。

突然，她集中注意力，一遍又一遍地读着那些印刷文字。

“只租给性格温和的人士。威斯敏特的一栋小房子，家具精美，提供给能够精心爱护它们的人士居住。房租低廉。中介免谈。”

一则非常普通的广告，和她曾经读到过许多一样的——好吧，几乎一样。房租低廉，这就是设圈套的地方。

但是她烦躁难安，急需从自己的思绪中逃离出来。她立即戴上帽子，乘坐公交来到了广告登载的地址。

那里是一家房屋中介公司。并不是刚开张热热闹闹的那种——这里破败、陈旧。她胆怯地拿出撕下来的广告，问起了具体情况。

一位头发花白的老绅士负责接待她，他若有所思地摸着自己的下巴。

“非常好。是的，非常好，夫人。广告上说的那栋房子在切维奥特街七号。您想要预定吗？”

“我想知道它的房租是多少钱？”圣文森特夫人说。

“啊！房租！具体的金额还没确定，不过我可以肯定地告诉您真的非常便宜。”

“便不便宜，不同的人有不同的概念。”圣文森特夫人说。

老绅士不由地咯咯笑起来。

“是的，那的确是个老圈套——老圈套。但是你可以相信我的话，这回并不是这样。一周两三个畿尼[①]，最多。”

圣文森特夫人决定预定这栋房子。当然，她不可能支付得起这个地方的费用。但是，她还是想看看。如果一栋房子以这样的价格出租，那它肯定有一些非常严重的缺点。

但是，看到切维奥特街七号的外观时，她不禁心中微微悸动。一栋非常好的房子，安妮女王[②]时代建筑，整体状况良好！一位管家为他们开了门，他头发灰白，长了些许络腮胡，如同大主教一般沉静。一位好心的大主教，圣文森特夫人想。

他和善地接受了预定。

“当然了，夫人，我会带您四处看看。您随时都可以搬进来。”

①英国的旧金币，值一镑一先令。

②安妮女王（1665—1714），大不列颠王国女王、爱尔兰女王。英国斯图亚特王朝最后一位国王。

他在前引领，为她开门，介绍每个房间。

“客厅，粉刷过的书房，从这里通向化妆室[①]，夫人。”

简直太完美了，就像梦境一样。家具是同一时期的，每一件上面都有些磨损的印记，但都精心抛光过。松软的毛皮地毯是好看的复古色。每个房间都有几盆鲜花。屋子的后面是格林公园。整栋房子散发出一种旧世界的魅力。

圣文森特夫人的眼中涌上了泪水，但是她强忍着不让它们流出来。安斯蒂斯的庄园就是这样——安斯蒂斯庄园……

她想知道管家是不是已经注意到她的情绪波动。如果是，那他展现的完全就是一位训练有素的仆人的样子。她喜欢这些老仆人，和他们在一起让人觉得安全、自在。他们就像是朋友一般。

“这栋房子真漂亮，”她轻声细语地说，“非常漂亮。我非常高兴能参观它。”

“您是自己独居吗，夫人？”

“我和我的儿子以及女儿住在一起。但是我恐怕——”

她停住了。她十分渴望这栋房子，太渴望了。

她本能地觉得那位管家已经理解了她的想法。他没再看她，超然而淡漠地说：

“我正好知道这栋房子的主人最需要的是合适的租客，夫人。房租对他来说并不重要。他希望可以租给能照料并喜爱这栋房子的人。”

“我很喜爱这栋房子。”圣文森特夫人低声说。

她转身要走。

“谢谢你带我参观这栋房子。”她礼貌地说。

①原文为powder closet，十八至十九世纪前后，英国人流行在假发上撒粉，此时上流社会家庭的寝室里大都会准备一个“powder closet”。

“不用客气，夫人。”

当她离开走到街上时，他站在门口，姿势得体、端正。她心想：“他知道，他为我感到难过。他是那种老派人物。他想让我——不是劳工组织，或者纽扣制造商！——租下那栋房子。我们这种人都快要消失了，但是居然还能聚在一起。”

最后，她决定不再去那家房产中介公司。有什么好处呢？她付得起房租——但是还要考虑雇佣用人的问题。在那样的房子中生活你需要有用人。

第二天一早，在她的盘子边，圣文森特夫人发现了那家房产中介公司的来信。信中提到切维奥特街七号那栋房子可以以一周两个畿尼的租金租给她六个月，并且信中还说：“我认为，您可以考虑这样一种情况，那就是仆人的费用由房东来出。这是个非常独特的提议。”

确实独特。她非常惊讶，大声地读出了这封信，然后一连串问题随之而来，她讲述了昨天自己去那栋房子的经历。

“妈妈，别遮遮掩掩的，”芭芭拉大声说，“真有这么好的事儿吗？”

鲁伯特清清嗓子，开始像在法庭上那样反复询问起来。

“这事儿背后肯定有内幕。你要是问我意见，我觉得这事儿可疑，十分可疑。”

“好你个家伙，”芭芭拉皱皱鼻子，“哦！为什么你总觉得事情背后有内幕？你就是这样，鲁伯特，总是无中生有，制造神秘。都怨你读的那些可怕的侦探小说。”

“那房租就是个玩笑，”鲁伯特说。“在城里，”他做了重点补充，“一个人面对各种怪事，总会变得聪明起来。我跟你们说，这桩买卖有种非常可疑的味道。”

“胡说八道，”芭芭拉说，“这栋房子属于一个有钱男人。他喜欢这栋房子，离开时想让房子里住的是体面人。要我说就是这么回事儿。钱对他来说根本就不是问题。”

“你说那房子的地址是哪里？”鲁伯特问他妈妈。

“切维奥特街七号。”

“哟呵！”他推开椅子，“这事儿真叫人兴奋。那栋房子是当初利斯特戴尔勋爵失踪的地方。”

“你确定？”圣文森特夫人怀疑地说。

“十分确定。他的房产遍布伦敦，但这里是他的住所。一天傍晚他出门，说要去俱乐部，然后就再没人见过他了。有猜测说他弄到个去东非或者哪里的船票铺位，但是没人知道为什么。我敢说，他肯定是在那栋房子里被人谋杀了。你说那里有很多镶板？”

“是……的，”圣文森特夫人虚弱地说，“不过……”

鲁伯特没有给她时间，他继续充满热情地说：

“镶板！就是这个。肯定存在通向哪里的秘密通道。从那时起，尸体就一直被塞在那儿。可能事先做过防腐处理。”

“鲁伯特，亲爱的，别胡说八道了。”他妈妈说道。

“别像个彻头彻尾的傻瓜，”芭芭拉说，“你带着那个染金发的姑娘去看电影看得太多了吧。”

鲁伯特非常郑重地起身——他瘦长身材，年纪轻轻，却十分郑重其事地下了最后通牒。

“你租下这栋房子，妈妈。我会去调查这桩谜案。你看看我到底能不能破案。”

鲁伯特离开得很匆忙，担心上班会迟到。

两个女人目光交汇。

“我们租吗，妈妈？”芭芭拉畏惧地低声说道，“哦！如果我们能住那儿该有多好。”

“那些仆人，”圣文森特夫人哀伤地说，“他们要吃饭，你知道。我是说，当然了，人们需要他们去做——可缺点就在这儿。一个人可以勉强凑合——当你只是独自一人的时候。”

她可怜地看着芭芭拉，女孩点点头。

“我们必须得仔细考虑考虑。”圣文森特夫人说。

不过，事实上她已经下定了决心。她看到了女儿眼中跳动的火花。她想道：“吉姆·马斯特顿一定要在一个合适的场合见她。这就是个机会——一个绝妙的好机会。我必须抓住。”

她坐下来开始给房产中介写信，表示接受他们的提议。

2

“昆丁，这些百合花是哪里来的？我可真买不起这么昂贵的花。”

“它们是从国王切维奥特庄园送来的，夫人。这一直是这里的习惯。”

管家退了出去。圣文森特夫人发出了一声叹息。要是没有昆丁的话该怎么办？他把一切都安排得那么舒适。她心想：“这种情形持续不了多久。我应该赶快清醒过来，然后发现这不过是黄粱一梦。能住在这里我很高兴——已经两个月了，日子转瞬即逝。”

生活确实出人意料地舒适。昆丁，那位管家，表现出了切维奥特街七号的一种独裁气质。“要是您把所有的事情都交给我来打理，夫人，”他恭敬地说，“您会发现这是最好的选择。”

每周，他会把家政账单拿给她过目，支出数额都异常低。另外只有两名仆人，一名厨师，一名女佣。他们举止有礼，工作有效率，但是打理全家的是昆丁。有时候餐桌上会出现野味家禽，这让圣文森特夫人很是挂心。昆丁打消了她的疑虑。这些东西来自利斯特戴尔勋爵的乡间别墅，国王切维奥特庄园，或者他的约克郡狩猎区。“这是惯例，夫人。”

圣文森特夫人私下里怀疑利斯特戴尔勋爵是否会同意这种做法。她猜测昆丁是越权了。很显然，他对他们很是喜欢，在他的眼里，没什么东西是他们配不上的。

她的好奇心被鲁伯特之前的陈述勾了起来，圣文森特夫人在她又一次见到房产中介的时候，尝试着提及了利斯特戴尔勋爵。那位白发的老绅士立刻回答道：

“是的，利斯特戴尔勋爵在东非，过去十八个月里他一直都在那里。”

“我们的这位客户可真是一个怪人，”他粲然一笑说，“他以一种非同寻常的方式离开了伦敦，可能您还记得？他没和任何人提起。报纸抓住了这点，苏格兰场也在调查。幸运的是，人们收到了利斯特戴尔勋爵本人从东非发来的消息。他授予他的表亲——卡尔法克斯上校——代理人的权利。正是他安排了利斯特戴尔勋爵的一切事务。是的，这种做法相当古怪。他常常去野外旅行——在明信片上，他说可能几年内都不会返回英格兰，尽管年岁渐长。”

“当然了，他岁数并不是很大。”圣文森特夫人说，突然回忆起一张瘦瘦的、长着胡须的脸，像极了伊丽莎白时代的水手——她曾经在一本带插图的杂志上见到过。

“中年，”白发绅士说，“根据《德布雷特贵族年鉴》[①]，是五十三

---

① *Debrett*，初版由英国出版家 John Debrett 于一八〇三年编纂出版，用于指导贵族礼仪的年鉴。

岁。”

圣文森特夫人将这段对话转述给鲁伯特听，目的是责备这个年轻人之前的说法。

鲁伯特却毫不泄气。

“这更可疑了，”他宣称，“卡尔法克斯上校是谁？如果利斯特戴尔出了什么事，他可能会继承爵位。从东非来的信或许是伪造的。三年之内，或者什么时候，这个卡尔法克斯会假定他已死亡，然后继承爵位。同时，他会得到所有遗产。非常可疑，要我说。”

他屈尊检查了那栋房子。空闲时，他喜欢去敲那些镶板，做一些精确的测量来判断可能的密室位置。但是他对利斯特戴尔勋爵秘密的兴趣逐渐降低，对烟草商女儿的话题也少了热情。氛围说明了一切。

对芭芭拉来说，这栋房子带给她极大的满足感。吉姆·马斯特顿已经屡次拜访过这里。他和圣文森特夫人相处得很不错，而且某天对芭芭拉说了什么，让这个姑娘十分惊讶。

“这栋房子对你的母亲来说再好不过了。”

“对我母亲来说？”

“是的。这里简直就是为她而存在的。她以一种非常奇特的方式从属于它。你知道这栋房子有些古怪，有些神秘又令人不安的东西。”

“你可别像鲁伯特那样，”芭芭拉恳求道，“他相信那个邪恶的卡尔法克斯上校谋杀了利斯特戴尔勋爵，把他的尸身藏在地板下面。”

马斯特顿笑了。

“我很钦佩鲁伯特侦探般的热情。不，我说的不是那种事。但是这里确实有些不一样的感觉，一种氛围，别人都无法理解的氛围。”

她们已经在切维奥特街住了三个月。这天，芭芭拉容光焕发地来到母亲这里。

“吉姆和我——我们订婚了。是的——就在昨晚。哦，母亲！这就好像是童话故事成真一样。”

“哦，我亲爱的宝贝！我实在是太高兴了——太高兴了。”

母女两人紧紧相拥。

“你知道吉姆差不多就像爱我一样爱你。”芭芭拉最后带着淘气的笑容说道。

圣文森特夫人的脸可爱地红了。

“他确实是，”芭芭拉坚持己见，“你觉得这房子可能会为我打造一个漂亮的环境，然而这里始终都是你的。鲁伯特和我可不属于这儿，但是你属于。”

“亲爱的，别胡说八道。”

“这可不是胡说八道。这是一座被施了魔法的城堡，你是一位迷人的公主，那么昆丁就是——就是——哦！一位乐善好施的魔法师。”

圣文森特夫人笑了笑，承认了最后这句话。

鲁伯特得知妹妹订婚的消息时，非常冷静。

“我本来就觉得有什么事即将发生。”他自作聪明地说。

他和母亲一起用晚餐，芭芭拉和吉姆出门了。

昆丁将波尔多葡萄酒放在他面前，然后无声地退出去。

“他是个古怪的老油条。”鲁伯特说，朝关上的门点点头，“他有点怪，你知道，有点——”

“可疑？”圣文森特夫人带着微微的笑意打断了他的话。

“哦，母亲，你怎么知道我要说什么？”鲁伯特严肃诚恳地说。

“这是你自己的话，亲爱的。你觉得什么都可疑。我猜你肯定认为是昆丁除掉了利斯特戴尔勋爵，然后把他塞到了地板下面。”

“是镶板后面，”鲁伯特纠正她，“母亲你总是会犯些小差错。不，我已经询问过了，昆丁那个时候在切维奥特国王庄园。”

圣文森特夫人对他笑着，从桌前站了起来，上楼去休息室。在某些方面，鲁伯特还没有长大成人。

不过，突然一丝怀疑首次扫过圣文森特夫人脑中——利斯特戴尔勋爵如此仓促地离开英国的原因。这后面肯定隐藏着什么理由可以解释这个突然的决定。昆丁端着咖啡托盘走进来时，她还在想着这事，冲动地开了口：

“你跟随利斯特戴尔勋爵很长时间了吧，昆丁？”

“是的，夫人，从我二十一岁开始。那个时候上一代勋爵还在。我是从一个三等男仆开始做起的。”

“那你一定非常了解利斯特戴尔勋爵吧。他是个什么样的人？”

这位管家将托盘转动了一下，这样她能够更方便地拿到方糖，同时，他毫无感情地回答道：

“利斯特戴尔勋爵曾经是一位非常自私的先生，不考虑其他人。”

他拿走托盘，离开了房间。圣文森特夫人坐在那里，手里拿着咖啡杯，眉头紧皱很是困惑。在昆丁的话里，除了其表述的内容外，还有什么东西让她感到惊讶。很快她就明白了。

昆丁用的词是“曾经”，而非“现在”。但是，他肯定认为——肯定相信——她站起身来。她就像鲁伯特一样不地道！然而，很确定的不安感袭向了她。她的第一缕疑虑就是从那一刻开始的。

芭芭拉的幸福和前途已经有了保证，她有时间去考虑自己的事情。尽管并非出于本愿，她的想法还是开始集中在利斯特戴尔勋爵的谜团上。真相到底如何？无论怎样，昆丁知道这事。他所使用的那些奇怪的话语——“一位非常自私的先生，不考虑其他人”。藏匿在这后面的究竟是什么呢？他说话好像法官一样，不偏不倚，毫无偏见。

昆丁是不是也卷入了利斯特戴尔勋爵的失踪事件里呢？他是不是也在这场可能的悲剧中扮演了积极的角色呢？毕竟，尽管那时鲁伯特的假想是如此荒谬，可是那封来自东非的律师信就——好吧，确有值得怀疑之处。

但是，尽管她尝试这么想，她依然无法相信昆丁会有邪恶的一面。昆丁，她对自己一遍又一遍地说，是个好人——她像孩子一般使用这种简单的字眼。昆丁是个好人。但是他知道什么！

她没有再和昆丁谈起他的主人。这个话题很明显已经被人遗忘。鲁伯特和芭芭拉还有其他的事情要去想，所以也就没有了更进一步的讨论。

到了八月末，她模糊的推测变成了现实。鲁伯特和他一位有摩托车和拖车的朋友去度假，为时两周。可是他才离开的第十天，圣文森特夫人正在桌前写字，居然惊讶地看到他冲进了房间。

“鲁伯特！”她惊呼起来。

“我知道，妈妈。您原本以为要再过三天才能见到我。但是发生了一件事。安德森，我的朋友，您认得，他不太在意我们去哪里玩，所以我就建议说可以去国王切维奥特庄园——”

“国王切维奥特庄园？但是你为什么——”

“您很清楚为什么，妈妈，我一直都能闻到这里的可疑气味。嗯，我们去看了看那个古老的地方——它被租出去了，什么都没有。我并不期盼能找到什么——只是四处探探，可以这么说。”

是的，她想道。鲁伯特这个时候就像是条猎犬一般，在直觉的指引下，忙碌而快乐地绕着圈子追逐着什么模糊不定的东西。

“就在我们要穿过大约八九英里外的一个村子时，这事儿就发生了——我的意思是，我看见他了。”

“你看见谁了？”

“昆丁，他正往一栋小房子走。那里肯定有什么可疑之处，我这么跟自己说，然后我们就停下车，我下车，敲门，他给我开了门。”

“我不明白。昆丁并没有离开——”

“我就要说到这里了，妈妈，如果您只是听着而不打断我的话。那是昆丁，但又不是昆丁，如果您能明白我的意思。”

圣文森特夫人不明白，所以鲁伯特进一步解释起来。

“那确实是昆丁，但并不是我们这里的昆丁。他是真正的昆丁。”

“鲁伯特！”

“您听我说。起初，我自己也上了当。我说：‘您是昆丁，不是吗？’那个老人说：‘非常对，先生，那就是我的名字。我可以为您做点什么？’然后，我发现他不是咱们家的那个昆丁，尽管同他很像，声音啊各方面都很像。我问了他一些问题，他一一作答。这个老头不知道自己被怀疑了。他曾经是利斯特戴尔勋爵的管家，已经退休，靠着退休金过活。在利斯特戴尔勋爵被猜测去了非洲时，他受赠了一栋小房子。您看这让我们发现了什么。那个男人是冒名顶替的——他出于某种目的在扮演昆丁这个角色。我的想法就是，他那天晚上出现在城里，假扮国王切维奥特庄园的管家，得到了会见利斯特戴尔勋爵的机会，他杀了勋爵，把他的尸体藏在镶板后面。这是一栋老房子，肯定有隐蔽的凹室——”

“哦，还是别再说这个事了。”圣文森特夫人有些粗暴地打断了他，“我受不了这个。他为什么要……我想知道……为什么？如果他做了这样的事……我不相信你说的，请注意——他这么做的理由是什么？”

“您是对的。”鲁伯特说，“动机——这很重要。现在我已经调查过了。利斯特戴尔勋爵有许多房产。在过去的两天，我发现在过去的十八个月里，几乎他的每一栋房子都像我们这栋一样，以极少的租金租了出去。附带的条件就是要保留仆人。而且每件案子中，昆丁——我是说那个自称为昆丁的人——都会在那段时间里成为他们的管家。看上去似乎有什么东西——珠宝，或者文件——被秘密藏在利斯特戴尔勋爵的房产中，而歹徒并不知道是哪栋。我设想有个歹徒，当然了，昆丁可能是单枪匹马，有个——”

圣文森特夫人非常坚决地打断了他：

“鲁伯特！别说了。你搞得我头都晕了。不管怎样，你说的都是无稽之谈——什么歹徒和藏起来的文件之类的。”

“还有另一种假设。”鲁伯特承认，“这个昆丁可能是利斯特戴尔勋爵伤害过的人。那个真正的管家告诉了我一个叫萨缪尔·罗威的人的长故事——他曾经是个杂务园丁，和昆丁的身高体格很类似。他十分怨恨利斯特戴尔勋爵——”

圣文森特夫人吃了一惊。

“不考虑其他人。”这句毫无感情、几经推敲的话又回荡在她脑海里。寥寥数语，但是它们代表了什么意思呢？

她专注地想着，几乎没听鲁伯特说话。他飞快地解释了什么，但是她根本没有听进去，然后他匆匆离开了房间。

她清醒过来。鲁伯特去哪儿了？他要去干什么？她没有听清他最后说了什么。他可能是要去找警察，要是那样的话……

她突然站起来摇响了铃。昆丁以他惯常的敏捷应声而来。

“夫人您摇了铃吗？”

“是的。请进来吧，然后关上门。”

管家照做了，圣文森特夫人沉默了一会儿，认真地打量着他。

她想道：“他对我很好，别人都不知道有多好。孩子们也不会理解的。鲁伯特的这个疯狂的故事可能完全就是胡说八道——另一方面，可能——是的，可能——有些道理。为什么要对一个人妄下论断？他不可能知道。我是说，事情的对与错……而且我可以拿性命担保——是的，我会这么做！——担保他是个好人。”

她红着脸，颤抖着说：

“昆丁，鲁伯特刚才回来了。他去了国王切维奥特庄园——去了那里附近的一个村子——”

她停住话，注意到他那无法掩饰的吃惊表情。

“他——见到了一个人。”她继续用审慎的语调说道。

她对自己说：“好了——他得到了警告。至少，他已经得到了警告。”

昆丁在猛然一惊后，又恢复了他的平静态度，但是他的眼睛盯着她的脸，警惕而敏锐，里面有些东西是她之前没见过的。第一次，这不是仆人的眼睛，而是一双男人的眼睛。

他犹豫了一下，然后声音有些微妙的改变：

“为什么您要告诉我，圣文森特夫人？”

在她开口回答之前，房间的门猛地开了，鲁伯特大步走了进来。和他一起进来的是一位庄重严肃的中年人，那人脸上有点络腮胡子，浑身与人为善的大主教气质。他是昆丁！

“这就是，”鲁伯特说，“真正的昆丁。我让他待在外边的出租车里。现在，昆丁，看看这个人，告诉我——他是萨缪尔·罗威吗？”

对鲁伯特来说，这是个胜利时刻，可惜很快，他立刻就闻出了什么地方不对。真正的昆丁看上去羞愧不安，很不自然，但是第二个昆丁却在微笑，毫不掩饰地微笑。

他拍着羞愧不安的同名人的后背。

“没事的，昆丁。我想该是坦露秘密的时候了。你可以告诉他们我是谁。”

这个庄重严肃的中年人挺直了身板。

“这位先生，”他用一种责备的语调宣布道，“是我的主人，利斯特戴尔勋爵。”

3

接下来的几分钟，发生了不少事。首先，过于自信的鲁伯特完全瘫倒在地。在明白到底发生了什么事情之前，他依旧张着嘴巴，还没从这一发现的震惊中缓过来。他发觉自己被轻轻地抬向门口，一个友好但却不熟悉的声音回响在他的耳际。

“我的孩子，完全没事。骨头没有摔坏。但是我想和你的母亲说几句话。你干得不错，用这种方法把我找了出来。”

他躺在屋外，眼睛盯着那扇关起来的门。真正的昆丁就站在他身边，解释的话语如同温热的涌流一般从他的唇上流淌出来。屋子里，利斯特戴尔勋爵正面对着圣文森特夫人。

“请让我解释一下——如果我可以的话！我这一生都是个自私自利的魔鬼——有一天我终于明白了这点。我想要尝试做些利他主义的事情以求改变，作为一个彻底的傻瓜，我异想天开地开始了我的事业。我为奇怪的事情捐款，但是我觉得还需要做一些事情——嗯，亲自做。对那些无法乞讨，只能默默忍受的没落世家，我一直都深表同情。我有许多房产。我萌生了一个想法，就是把我的房子租给那些人——嗯，那些需要并且欣赏它们的人：努力奋斗的年轻夫妇，带着子女们生活的寡妇。昆丁对我来说不仅仅是管家，更是朋友。在他的允许和帮助下，我借用了他的身份。我一直都很有表演天赋。这个主意是有一天晚上我去俱乐部的路上想到的，我直接就去找昆丁谈。然后我发现因为我的失踪引起了一阵慌乱，于是我安排从东非寄过来一封信。在信里面，我对我的表亲卡尔法克斯上校做了非常详细的指示。然后——好吧，概括起来说就是这样。”

他没有完全说完就停住了，富有感染力地瞥了圣文森特夫人一眼。她笔直地站在那里，眼睛紧紧地盯着他。

“这是个不错的计划，”她说，“十分不同寻常，能够带给你荣誉。我——非常感谢你。但是——当然，你能理解我们不能继续待下去了吧？”

“我想到了，”他说，“你的骄傲不会允许你接受这种可能会被你叫作‘施舍’的方式。”

“难道不是吗？”她冷静地问。

“不，”他回答，“因为我要求用东西来交换。”

“东西？”

“所有。”他响亮地说，声音中带着不容拒绝的意味。

“我二十三岁时，”他继续说道，“和我心爱的姑娘结了婚。她一年后去世了。从那时候起，我就非常孤独。我非常希望我能找到那位命定的女士——我梦中的女士……”

“我算是这样的人吗？”她低声问道，“我这么老——这么憔悴。”

他笑了。

“老？你比自己的两个孩子都年轻。要说的话，倒是我老了。”

但是，她也大笑起来，欢乐在屋里轻轻荡漾。

“你？你依旧是个男孩子呢。一个喜欢乔装成他人的男孩子。”

他紧紧地握住了她伸出的双手。

夜莺山庄

1

“再见，亲爱的。”

“再见，宝贝。”

艾莉克丝·马丁斜倚在山庄的小门边，看着丈夫向村子的方向渐行渐远的身影。没过多久，他转过一个拐角，消失在艾莉克丝的视线里，但是她依旧站在原地，心不在焉地捋着一缕吹过她面庞的深棕色的头发，眼神迷离，神情恍惚。

艾莉克丝·马丁算不上漂亮，甚至严格来说，都称不上标致。可她的脸，一张青春不再的妇人的脸，却容光焕发，温柔和蔼，以至于先前一起工作的同事们几乎都认不出来她。艾莉克丝·金[①]小姐曾经是一名身材苗条的职业女性，极有效率，举止微微有些鲁莽，能干而讲求实际。

艾莉克丝毕业于一所要求严格的学校。从十八岁到三十三岁的

①金（King）是艾莉克丝的娘家姓。

十五年时间里，她一直靠速记员这个工作来养家糊口（有七年的时间，她还要赡养卧病在床的母亲）。生存的挣扎使得她少女娇嫩的脸庞变得坚毅。

她曾经有过恋爱史——不过徒有其名——和迪克·温迪福特，她的同事。艾莉克丝内心依旧是个女人，她一直知道他在乎自己，但她并没有表露出来。表面上他们是朋友，仅此而已。迪克薪水微薄，还要供养弟弟上学，所以暂时没有结婚的打算。

然而这个姑娘却突然以一种非常令人意想不到的方式从日复一日的劳作中解脱出来。一个远房表亲去世后，留给了艾莉克丝一笔几千镑的遗产，一年光进账利息就有几百镑。对艾莉克丝来说，这意味着自由、生活和独立。现在她和迪克不用再等待了。

然而，迪克的反应让人始料未及。他从没有直接对艾莉克丝表达过爱意，现在他似乎比以往任何时候都更不会这么做。他在逃避她，变得愁眉苦脸。艾莉克丝很快就明白了真相：她已经变成了一个有钱人，敏感和自尊阻挠了迪克开口向她求婚。

她对他的爱并未因此减弱，实际上，她正在考虑是不是应该由她来迈出第一步，然而就在此时，另一件出乎意料的事情降临了。

她在一位朋友的家中邂逅了杰拉德·马丁。他热烈地爱上了她，不到一个星期，他们就订了婚。艾莉克丝一直觉得自己是那种“不会坠入爱河”的人，然而这次却深陷其中不可自拔。

但是这件事无意中惹恼了她的前任男友。迪克·温迪福特来见她，由于盛怒和愤懑，他说起话来结结巴巴。

“你根本就不了解这个男人。你对他一无所知！”

“我知道我爱他。”

“你怎么知道——不到一周？”

“不是每个人都要花上十一年的时间才知道自己爱上了一个姑娘。”艾莉克丝生气地哭喊道。

他顿时面无血色。

“我从遇到你的时候就喜欢你。我原以为你也是这样。”

艾莉克丝说了实话。

“我也是，”她承认道，“但那是因为我不了解真正的爱。”

然后迪克又一次爆发了。祈求、恳求，甚至威胁——威胁对那个取代他的男人不利。对艾莉克丝来说，这个她曾经以为自己很了解的男人，居然在含蓄的外表下隐藏了一座火山。

在这个阳光明媚的上午，她靠在山庄的门边，思绪又回到了那次见面。她结婚已经一月有余，生活如同田园诗一般幸福。但是就在见不到丈夫的短暂时刻里，淡淡的焦虑侵扰了她美满的幸福生活，而这份焦虑正是关于迪克·温迪福特的。

结婚以来，她曾经做过三次内容相同的梦。梦中的环境并不相同，但是情节却并无区别。她看见她的丈夫倒地死去，而迪克·温迪福特站在一旁，她很清楚地知道，他就是给了自己丈夫致命一击的那个人。

尽管这已经足够让人害怕，但还有更恐怖的。这就是在她醒来之后——她觉得梦中的情境似乎十分正常，无可避免。而她，艾莉克丝·马丁，对丈夫的死感到高兴。她对那个杀人犯感激地伸出手，有时她还向他致谢。这些梦都以她被迪克·温迪福特紧紧拥抱结束。

2

她没有跟丈夫提起过这些梦。但是私下里，她被梦境困扰的程度，甚至比她愿意承认的还要深。这是不是一种警告——警告她迪克·温迪福特要对谁不利？

艾莉克丝被一阵尖锐的电话铃声打断了思绪，她走进山庄拿起了听筒。突然她身体晃了一下，伸出一只手撑着墙壁。

“你刚说你是谁？”

“哎呀，艾莉克丝，你的声音怎么了？我不明白。我是迪克。”

“哦！”艾莉克丝说，“哦！哪儿——你在哪儿？”

“我在‘旅行者武装’，是叫这个名儿吧？还是说你连自己村子的酒吧也不知道？我正在度假，钓鱼呢。今天晚饭后，介不介意我去看望一下你们二位？”

“不，”艾莉克丝尖声说道，“你别过来。”

沉默片刻后，迪克的语调发生了微妙的变化，他接着说：

“请原谅，”他一本正经地说，“当然，我并不是想打扰你们——”

艾莉克丝匆匆打断了他。他一定是觉得她的举动太异常了。的确很异常。她的神经肯定都要崩溃了。

“我只是想说，我们今晚有约，”她解释道，想让自己的声音听起来尽量自然一些，“你，你明晚过来吃饭可以吗？”

但是迪克明显觉察出，她的语调缺乏热诚。

“非常感谢，”他同样郑重地说道，“但我可能随时都会离开，要看我一个朋友是不是会来。再见，艾莉克丝。”他停了一下，然后又匆忙加了一句，换了种语调，“祝你好运，亲爱的。”

艾莉克丝挂上话筒，感到如释重负。

“他绝对不能来这儿，”她不自觉地重复道，“绝对不能。哦，我可真蠢！竟然想象自己会陷入此种境地。不过，我还是很高兴他不来。”

她从桌上抓起一顶乡村式样的灯芯草草帽，再次跑到外面的花园里，驻足仰视门廊上刻着的标牌：夜莺山庄。

“这个名字是不是有些古怪？”结婚之前，她有一次问杰拉德。他笑了起来。

“你这个小伦敦佬，”他亲昵地说，“我可不相信你没听说过夜莺。我倒乐意你没有。夜莺只为爱人歌唱。在夏夜，我们可以一起在屋子外面聆听它们的歌声。”

一想到他们是如何听夜莺歌唱的，站在自家门口的艾莉克丝的脸庞上就泛起了幸福的红晕。

夜莺山庄是杰拉德找到的。一天他兴冲冲地来见艾莉克丝，说他找到了一处适合他们的栖身之所——独一无二、精致无比——毕生仅有的一次机会。而且当艾莉克丝见到山庄的时候，她也为之着迷。确实，山庄的地理位置比较偏僻，距离最近的村子也有两英里路程，但是山庄本身非常雅致，古老的外观，舒适耐用的浴室，热水系统、电灯和电话一应俱全，她立刻就拜倒在这座山庄的魅力之下。然而随后却出了点问题。山庄的主人，一个富人，突然心血来潮，拒绝出租山庄，只愿出售。

杰拉德·马丁虽然收入不菲，却不能动用他的资金。他最多可以拿出一千英镑，可山庄主人要价是这笔钱的三倍。然而艾莉克丝的心已经被这儿俘虏，于是她出面救急。她自己的钱是无记名债券，很容易就能出售。她为了这栋房子贡献了自己一半的财产。所以夜莺山庄成为他们真正的家，而且艾莉克丝从未片刻后悔过。的确，仆人不会喜欢乡村的寂寞——事实上，这时候他们根本没有仆人——但是艾莉克丝非常渴望家庭生活，十分享受于烹饪可口的饭菜以及照看房子。

花园里开满了花，一个乡下老头每星期会过来照看两次花园。

当她绕过屋角时，艾莉克丝诧异地发现老园丁在花坛边上忙碌着。

因为老园丁一般都是周一和周五来工作，但是今天是周三。

“喂，乔治，你在这儿做什么？”她边问边走过去。

老人咯咯笑着直起腰，摸了下他那顶有年头的帽子的边缘算是致意。

“我已经想见您会吃惊，夫人。事情是这样的，周五斯夸尔家有一场庆祝会，我对自己说，马丁先生和夫人不会因为我有一次是周三而不是周五过来干活而挑我毛病。”

“没关系，”艾莉克丝说，“祝你在庆祝会上过得开心。”

“我会的。”乔治简单地说道，“能够吃饱，而且始终都知道不用自己付钱，真是件好事。斯夸尔给他的佃户都准备了像样的茶点。然后我又想，夫人，我应该在您离开前问问您对这个长花坛有什么想法。我猜您也不知道什么时候会回来吧，夫人？”

“可是我并没有要出门啊。”

乔治盯着她。

“您明天不是要去伦敦吗？”

“不去。你为什么会这么想？”

乔治把头向肩上一扬。

“我昨天在村里看见主人。他告诉我你们明天都要去伦敦，而且不知道什么时候才会回来。”

“胡说，”艾莉克丝笑着说，“你一定是误会他的意思了。”

尽管如此，她还是想知道究竟杰拉德跟老园丁说了什么，才让他犯了这么奇怪的错误。去伦敦？她才不想再回伦敦。

“我讨厌伦敦。”她突然厉声说道。

“哦，”老乔治平静地说，“我一定是不知怎么弄错了，不过他说得挺清楚的，我觉得。我很高兴您能留在这儿。我可不赞成四处寻欢作乐，而且我也觉得伦敦不怎么样。我就从来不需要去那儿。汽车太多了，这可是当下的一大麻烦。一旦人们有了车，还能在一个地方待得住，那就该祝福他们。埃姆斯先生，就是这里原来的主人，一位安静的好绅士，买下车后不到一个月就卖掉了山庄。为了捯饬这栋房子他花了不少钱，把所有房间都配上了插座、电灯，等等。‘这些钱你再也收不回来了。’我跟他说。‘但是，’他跟我说，‘这栋房子价值的两千英镑我都能拿回来。’而且，他确实得到了。”

“他得到了三千英镑呢。”艾莉克丝微笑着说。

“两千，”老乔治重复了一遍，“那次他说了他的要价。”

“确实是三千啊。”艾莉克丝说道。

“女士们从来就搞不清数字。”老乔治不确信地说，“您不会是要告诉我，埃姆斯先生厚颜无耻地在您面前，大声跟您讨要了三千英镑吧？”

“他没跟我谈，”艾莉克丝说，“是和我丈夫谈的。”

老乔治又俯下身去侍弄花坛。

“售价是两千。”他固执地说。

3

艾莉克丝没有继续和老乔治争辩。她走向远处的一个花坛，摘了一捧鲜花。

当她捧着这束芬芳的鲜花往回走的时候，艾莉克丝注意到在其中一个花坛里，露出一个小小的暗绿色的东西。她弯腰把它拾起，认出这是她丈夫的口袋日记本。

她打开日记，饶有兴味地浏览着上面的条目。几乎是从他们婚姻的初始，她就意识到冲动而感情用事的杰拉德反常地整洁而有条理。他对就餐时间极其挑剔，而且一直用精确的时间表计划他将来的每一天。

翻阅日记时，她注意到五月十四日的这一条，被逗乐了："两点半，在圣彼得教堂和艾莉克丝结婚。"

"大傻瓜。"艾莉克丝自言自语道，一边翻着本子。突然，她停了下来。

"'六月十八，星期三'——哎呀，是今天。"

在这天的空白处，杰拉德简洁、准确地写着："晚上九点。"再无其他。杰拉德晚上九点要做什么？艾莉克丝想知道。她暗自笑了笑，意识到这就像是她一直读的故事，这本日记毫无疑问会向她揭示一些激动人心的新发现。上面一定会有另一个女人的名字。她懒懒地翻动着后边的纸页，日期、约会、用密码标注的商业交易，但是只有一个女人的名字——她自己的名字。

然而，当她把日记放进口袋，捧着花束回屋时，却莫名有些不安。迪克·温迪福特的那些话再次在耳边回响，好像他就近在咫尺："那个男人对你来说完全就是个陌生人。你完全不了解他！"

这是真话。她了解他什么呢？毕竟杰拉德已经四十岁了。四十年间，他的人生中一定出现过女人……

艾莉克丝不耐烦地摇摇头，她必须摆脱这些想法。她还有更紧要的事情得处理。她应不应该告诉丈夫迪克·温迪福特给她打过电话呢？

有可能，杰拉德已经在村子里和他不期而遇。可如果是那样，他回来之后肯定会立刻说这事，她也就不必再提心吊胆了。如果没有——什么？艾莉克丝清楚地认识到她应该只字不提。

如果她告诉了他，他肯定会建议邀请迪克·温迪福特来夜莺山庄做客。那样她就要解释，迪克提出要来但是她却找借口不让他来这件事。如果他问她为什么这么做，她该怎么说？告诉他自己的梦境？他只会大笑，或者更糟，认为她把他毫不在意的事看得太重。

最后，艾莉克丝十分羞愧地决定闭口不言。这是她对丈夫保守的第一个秘密，这让她浑身不自在。

4

快吃午饭之前，她听到杰拉德从村子里归来的声响。她匆忙跑到厨房，假装忙着做饭，以掩藏自己的慌乱。

很明显，杰拉德没有见到迪克·温迪福特。艾莉克丝立刻如释重负，却又感到羞愧。她毫不犹豫地选择了隐瞒。

直到简单的晚饭过后，他们坐在起居室的橡木长椅上，开着窗户，任凭夹杂着淡紫色与白色花卉香气的夜风吹进来，艾莉克丝才想起口袋中的日记。

“你给花浇水时掉的东西。”她说着把日记扔到了他的膝盖上。

“掉花坛里了，是吗？”

“是，现在我知道你所有的秘密了。”

“不是你的错。”杰拉德摇着头说道。

“你今晚九点的约会是怎么回事？”

“哦！那事儿啊——”他有那么一瞬间似乎吃了一惊，随后又微笑起来，好像什么事情给他提供了特别的笑料，“是和一个特别出色的姑娘的约会，艾莉克丝。她有一头棕色的头发和一双蓝色的眼睛，非常像你。”

“我没明白，”艾莉克丝说，装出一副严肃的样子，“你在回避重点。”

“不，我没有。事实上，那是提醒我，今晚要冲洗照片，我想让你帮我。”

杰拉德·马丁是个狂热的摄影师。他有一台老式照相机，但是镜头非常好。他将一个小地下室临时搭建成暗室，用来冲洗底片。

“这事儿必须在九点钟准时完成。”艾莉克丝揶揄道。

杰拉德看起来有点恼火。

“亲爱的，”他说道，举止中带了一丝怒气，“一个人应该做好具体的时间规划，这样工作才能顺利进行。”

艾莉克丝静静地坐了一两分钟，看着丈夫靠着椅子抽烟，他黑色的脑袋后仰，在昏暗的背景中，显现出刮得干干净净的脸上分明的棱角。突然，一股没有来源的恐惧袭向了她，她不由自主地叫出声来：“哦，杰拉德，我希望我能更多地了解你！”

她丈夫吃惊地将脸孔转向她。

“可是，我亲爱的艾莉克丝，你是了解我的。我告诉过你我在诺森伯兰郡度过的童年时光，我在南非的生活经历，以及在加拿大给我带来成功的十年。”

“呵，生意！”艾莉克丝不屑一顾地说。

杰拉德突然笑了。

“我明白你的意思了——你指的是恋爱经历。你们女人总是这样，只对个人隐私感兴趣。”

艾莉克丝觉得嗓子很干，她含混地嘟囔说：“好吧，但是肯定会有……恋爱……我是说……如果我只知道……”

又是一两分钟的沉默，杰拉德·马丁皱着眉，满脸犹豫不决。他再次开口说话时，神情庄重，之前的玩笑逗乐消失不见了。

“你认为这样明智吗，艾莉克丝……干这种——‘蓝胡子的房间’[①]一类的事？我人生中确实有过别的女人，我不否认这点。如果我否认，你也不会相信。但是我可以真心向你发誓，她们中没有一个人能让我动心。”

他语带真诚，这让他的妻子深感安慰。

“满意了吗？艾莉克丝。”他笑着问道，然后好奇地看着她。

“是什么让你今晚脑子里有这么多不愉快的话题？”

艾莉克丝站起来，开始不安地走来走去。

“哦，我也不知道。”她说，“我一整天都神经紧张。”

“这可真是怪了。”杰拉德低声说，好像在自言自语，“真是怪事。”

“有什么奇怪？”

“哦，亲爱的，别冲我发火。我只是说奇怪而已，因为，通常你都是那么可爱，那么沉静。”

艾莉克丝勉强笑了笑。

“今天所有的事儿都凑巧赶在一起惹恼了我，”她承认道，“就连老乔治都荒唐地认为我们要去伦敦呢。他说是你告诉他的。”

“你在哪儿见到他的？”杰拉德厉声问道。

“他今天来工作了，因为周五有事。”

“那个该死的老傻瓜。”杰拉德生气地说。

艾莉克丝惊讶地盯着他。她丈夫的脸因为盛怒而抽搐着。她从未

① Bluebeard's chamber，源自法国民间传说人物蓝胡子的故事。有一次，蓝胡子要外出巡视，走之前交给新婚妻子一串钥匙，告诉她可以随意使用，但绝不允许进走廊尽头的一个小房间。然而，这位妻子最终耐不住好奇心，打开了那扇神秘的门，发现房间内居然躺着蓝胡子前几任妻子的尸体。

见他如此生气。看到她吃惊的样子，杰拉德竭力控制住自己。

“好吧，他是个该死的老傻瓜。”他断言。

“你说过什么会让他误会的话吗？”

“我？我什么都没说过。至少——哦，是的，我想起来了，我跟他开玩笑说‘早上出发去伦敦’，我想他可能当真了，或者是他没听明白。当然，你让他醒悟过来了吧？”

他紧张地等着她的回复。

“当然。他那种人，一旦脑子里认定了某件事，就很难再改变。”

然后，她又告诉他老乔治所坚持的山庄要价的事儿。

杰拉德有一两分钟没说话，随后缓缓开口道：

“埃姆斯想要两千英镑的现金，剩余一千英镑用财产做抵押。我想，这是误会的原因。”

“很有可能。”艾莉克丝表示同意。

她抬头看了看钟，淘气地伸出一根手指指着它。

“我们应该开始了，杰拉德。按照你的计划都已经晚了五分钟。”

杰拉德·马丁的脸上露出了一丝古怪的微笑。

“我改了主意，”他平静地说，“今晚不冲洗照片了。”

女人的想法是个奇妙的事儿。当艾莉克丝周三这天晚上睡觉的时候，她的思绪满足而平静。她之前受到困扰的幸福又重新确立，一如往昔。

但是第二天傍晚，她意识到一种微妙的力量正在削弱她的幸福。迪克·温迪福特没有再打电话过来，不过她觉得他的影响力正在起作用。他的那些话一次又一次地浮现在她脑海里：“那个男人对你来说完全就是个陌生人。你完全不了解他！”与此同时，她丈夫说话时的脸庞也清楚地显现在脑中，“你认为这样明智吗，艾莉克丝——干这种——‘蓝胡子的房间’一类的事？”为什么他要这么说？

这话里带着警告——一种威胁的暗示。就好像他在说：“你最好不要窥探我的生活，艾莉克丝。要是这么做的话，你会大吃一惊。”

到周五早上，艾莉克丝已经确信杰拉德的生活中曾经有过一个女人——那个他试图刻意隐瞒的“蓝胡子的房间”。她的妒意逐渐升腾，一发不可收拾。

是不是有个女人要在晚上九点和他见面？他冲洗胶卷的说法是否只是一时冲动编造的谎言？

三天之前她还坚信自己对丈夫了如指掌。现在看起来，她对他毫不了解。她记起他对老乔治不讲道理的愤怒，这与他素日里的好脾气完全格格不入。也许这是件小事，但表明她并不真正了解她的丈夫。

周五那天，他们需要去村子里买几样东西。下午，艾莉克丝说她自己去，杰拉德可以待在花园里休息。但令她惊讶的是，他强烈反对这个提议，坚持让他去，而她可以留在家里。艾莉克丝不得不妥协，但是他的坚持使她又惊又奇。为什么他如此紧张地反对她去村子里呢？

突然，一种让整件事情清晰化的解释出现了。有没有可能，尽管杰拉德什么都没对她说，但他确实遇到了迪克·温迪福特？她的嫉妒，在结婚时处于潜伏状态，只是后来才显现出来。可能杰拉德也是这样？也许他担心她会再次与迪克·温迪福特相见？这个解释与事实如此吻合，使艾莉克丝焦躁不安的思绪得到了安慰，于是她一下子就接受了。

当下午茶时刻到来又过去之后，她变得烦躁不安起来。自从杰拉德出门后，她就开始和一种侵扰她的诱惑做斗争。最后，她安慰自己的良心说，房间确实需要一次彻底的收拾。她上楼来到她丈夫的更衣室，拿着一个掸子假装是要做家务。

“如果我能确定，”她自言自语地重复，“如果我能确定。”

她徒劳地对自己说，任何会损害名誉的东西应该很多年前就被销毁了。但她又争辩道，男人有时候往往因为过度的自作多情，而留下那些该死的证据。

最后艾莉克丝没能抵挡住诱惑。她脸颊发烧，觉得自己的行为十分可耻。她屏住呼吸翻查着一摞摞的信件和文件。她翻开了抽屉，甚至去掏她丈夫的衣服口袋。只有两个抽屉她没能翻看，因为柜子下方的抽屉和写字台右边的小抽屉都被锁了起来。但是艾莉克丝现在已经丢下了她的羞耻心。她很肯定在其中一个抽屉中，她能找到那个困扰她的、想象中的过去的女人。

她记起杰拉德曾随意把钥匙放在楼下的餐柜上。她取了过来，一把一把地试着开锁。第三把是开写字台抽屉的钥匙。艾莉克丝急切地把它打开拉出来。抽屉里面有一本支票簿，一个塞满钞票的钱包，抽屉的深处还有一叠用带子捆在一起的信。

她的呼吸急促起来。艾莉克丝解开了带子，她的脸随即变得滚烫，她赶紧把信件扔回抽屉里，关上，重新锁好。这些信是她自己的，是她嫁给杰拉德·马丁之前写给他的。

她又把目标转向了柜子的抽屉。她现在的期望与其说是想找到要找的东西，倒不如说她不愿有什么地方被遗漏。

但让她恼怒的是，杰拉德的这串钥匙中没有一把能开这个抽屉。艾莉克丝可没有被打败，她去了其他的房间，拿过来好几串钥匙。备用的房间衣柜钥匙能开柜子的抽屉，这让她很满意。她打开锁，把抽屉拉出来。但是里面除了一卷剪报外空空如也，而且那些剪报都脏兮兮的，颜色也已经泛黄。

艾莉克丝如释重负地叹了口气。不过，她还是扫了一眼那些落满灰尘的剪报，想知道里面到底写了些什么话题能让杰拉德如此不嫌麻烦地保存起来。这些差不多都是美国报纸，看日期都是七年以前的，上面报道了臭名昭著的骗子和重婚犯——查尔斯·勒梅特。勒梅特涉嫌谋杀妇女，在他租住的房子的地板下面发现了一具骸骨。而且和他“结婚”的女人大都从此杳无音信。

面对指控，在美国一些最出色的律师帮助下，他以纯熟的技巧为自己辩护。苏格兰法庭“证据不足”的裁决可能是这个案子的最好阐释。由于证据不足，有关谋杀的指控未能成立，他被判无罪；但是在其他指控中他被判长期监禁。

艾莉克丝记得当时那个案子所引起的轰动，三年后勒梅特越狱逃走也同样如此。直到今天他还没有被逮捕归案。这个人的性格和对女性的非凡吸引力，在英国的报纸上被大量报道，同时被报道的还有他在法庭上的激动情绪和激烈抗辩，以及偶然突发的崩溃，因为他的心脏不好——尽管也有一些无知者将这点归结为他的演技。

艾莉克丝拿着的一张剪报上有一幅这个男人的照片，她饶有兴趣地研究着——长胡子，看上去是一位颇有学者风范的绅士。

这张脸让她想到了谁？突然，艾莉克丝浑身一颤，意识到这正是杰拉德本人。眼睛和眉毛都和他十分相似。也许正是因为这点，他才保存了这些剪报。她的视线移向照片旁边的段落。看起来，被告的口袋本上写了一些特定的日期，人们认为这些是他谋杀那些被害者的日子。然后一名妇女作证，明确指认了这名罪犯，因为他左手腕上有一颗痣，就在手掌下方。

艾莉克丝放下剪报，摇摇晃晃地站起来。她丈夫的左手腕上，就在手掌下方，有一块小小的伤疤……

5

艾莉克丝觉得天旋地转。之后，她突然想到，真奇怪，她应该立刻就得出这样肯定的结论：杰拉德·马丁就是查尔斯·勒梅特。她知道，她已经迅速地接受了这一结论。各种不相干的片段在她的脑中旋来荡去，就像是在拼图一样。

买房子的钱——是她的钱——只是她的钱，她将无记名债券委托给他保管，甚至她的梦境都显现了真实的意义。在她内心深处，那个潜意识的自我总是惧怕杰拉德·马丁，希望能从他身边逃开。也正是这个自己，去向迪克·温迪福特寻求帮助。这也正是为什么她能够如此轻易地接受这个事实的原因，没有怀疑或犹豫。她会成为勒梅特的另一个受害者。也许，很快……

她突然想起了什么，差一点喊出来。周三，晚上九点。那个地下室，上面的石板能够轻松地抬起来。他以前曾把一个受害人埋在地下室里。星期三晚上都已经计划好了。但事先有条不紊地将它记下来——简直是神经错乱！不，这合乎逻辑。杰拉德一向都会在备忘录上记下要做的事，谋杀对他来说和其他的生意没什么不同。

然而是什么救了她？什么事儿可能救她，让他在最后一分钟起了怜悯之心？不。刹那间，答案她已然知晓——老乔治。

现在她明白为什么她的丈夫会勃然大怒。毫无疑问，他已经事先做好准备，告诉他遇到的每个人他们第二天要去伦敦。随后，老乔治却出乎意料地来干活，跟她提起了去伦敦一事，然后她否定了这事儿。当晚除掉她太冒险了，老乔治会对别人讲起那段对话。可这是怎样的死里逃生啊！如果她没有凑巧提起那件小事儿——艾莉克丝浑身哆嗦起来。

接着，她像石头一样僵住了。她听到大门发出吱呀一声，她丈夫回来了。

一瞬间，艾莉克丝呆若木鸡，然后她悄悄踮着脚走到窗前，从窗帘后面向外张望。

是的，确实是她的丈夫。他正笑着哼唱一首小调。他手里拿着的一把新铁铲，几乎让这个惊恐的女人吓得心脏都要停止跳动了。

艾莉克丝出于本能，迅速就得出了结论。今晚就要……

但是，还有机会。杰拉德哼着小曲，绕过屋子去了后院。

她一点都没犹豫，立刻冲下楼梯，跑到山庄外面。但是就在她出门的那一刻，她丈夫出现在房子的另一边。

“喂，”他说，“你这么着急是要上哪儿去？”

艾莉克丝拼命想让自己看起来像往常一样镇静。这时，她的机会已经溜走了，但是如果她小心些，不引起他怀疑，机会还会再出现。就算是现在，也许……

“我打算沿这条小路散步，走到头再回来。”她的声音在自己听来都显得微弱而忐忑。

“好，”杰拉德说，“我和你一起去。”

“不用——请别，杰拉德。我——紧张，头疼——我更想自己一个人走走。”

他目光炯炯地看着她。她觉得他眼中有怀疑闪过。

“你怎么了，艾莉克丝？脸色这么苍白——还在发抖。”

“没事。”她强迫自己打起精神，微笑了一下，“我有些头疼，仅此而已。散步能让我好受一些。”

“你说你不想让我陪着你，这可不好，”杰拉德说，脸上带着随和的笑容，“无论你是否愿意，我都要跟你一起去。”

她不敢再进一步反对。如果他起了疑，怀疑她已经知道……

她努力让自己恢复了一些常态。但是她不安地感到，他总是时不时地侧眼看她，好像不放心似的。她觉得他的疑心没有完全消除。

他们回到屋里后，他坚持要她躺下休息，拿来一些古龙水，轻轻揉搽着她的太阳穴。他俨然还是往常那位忠诚的丈夫。艾利克丝觉得很无助，像是被捆住四肢掉进了陷阱一般。

他一刻也不离开她。他跟着她去厨房，帮她把那几样事先准备好的简单的冷盘菜端出来。她吃晚饭时总是被噎住，但还是强迫自己吃下去，甚至要装出高兴、自然的样子。她知道自己如今是在为生命而奋战。她独自一人面对这个男人，离援助数英里远，完全听凭他摆布。她唯一的机会就是打消他的疑虑，能让她一个人待会儿——只要足够她用大厅的电话求援就行。那是她现在唯一的希望。

当她想起他先前是如何放弃自己的计划时，心中重又燃起一线希望。设想一下，如果她告诉他迪克·温迪福特晚上要来拜访他们，会怎样呢？

这些话在她的唇边翻滚，然后又被立刻否决了。这个男人不会再被阻止了。在他平静的举止下掩藏着一种决心，一种病态的兴奋，这让她感到恶心。她只能加速他的犯罪。他会当场就杀掉她，然后平静地给迪克·温迪福特打电话，编个故事说她被人叫走了。哦！但愿迪克·温迪福特今晚会来山庄。如果迪克……

突然，一个念头闪过她的脑海。她紧紧盯着旁边的丈夫，仿佛生怕他看透自己的心思。她想到一个计划，于是又壮起胆子。她的举止变得十分自然，她自己对此也颇感惊讶。

她煮好咖啡，把它端到了门廊边。过去，在美丽的夜色下，他们常常一起坐在这里。

“对了，”杰拉德突然说，“我们一会儿去冲洗胶卷。”

艾莉克丝一个激灵，但是她回答得很平静，“你能自己去洗吗？我今晚很累。”

“不会花很长时间的，”他暗自微笑，“而且，我保证你以后都不会感到累。”

这些话看来让他很高兴。艾莉克丝打了个冷战。机不可失，时不再来。

她站起身。

“我去给肉铺打个电话，”她若无其事地说，“就不劳你大驾了。”

“给肉铺打电话？这个时候？”

“小傻瓜，店铺当然已经关门，但是伙计肯定还在店里。明天是周六，我想抢在别人之前，让他带些小牛肉片来。那个老伙计绝对会帮我的忙。”

她快速走进房子，关上了身后的门。她听见杰拉德说：“别关门。”她轻快地答道：“不能让蛾子飞进来，我讨厌蛾子。傻瓜，难道你是怕我和屠夫谈情说爱吗？”

一进屋，她就抓起电话筒，开始拨打“旅行者武装”那家店的电话。她立刻就打通了。

“温迪福特先生？他还在吗？可以让他接电话吗？”

然后她的心突然一沉。门被推开了，她丈夫走进了大厅。

“杰拉德，你走开。”她急躁地说，“我讨厌打电话的时候有人在旁边听。”

他只是笑着坐在了椅子上。

“你确定是在给屠夫打电话吗？”他问道。

艾莉克丝感到绝望。她的计划失败了。迪克 · 温迪福特很快就会来接电话。她要不要冒险大声求救呢?

随后，她紧张地按下又松开话筒上的一个小按键，这个键可以决定通话的对方能否听到自己的声音。另一个计划在她脑中闪过。

“会很困难，”她心里想，“这意味着头脑必须保持冷静，想出恰当的言辞，不能有片刻的犹豫，但是我相信我能做到，而且必须做到。”

这时，她听到迪克 · 温迪福特的声音在电话的另一端响起。

艾莉克丝深吸一口气。然后她坚定地按下按键，开始讲话。

“我是夜莺山庄的马丁夫人。明天早上的时候，请你来一趟（她松开按键），带六块上好的小牛肉片（她按下按键）。这事儿很重要（她松开按键）。非常感谢你，赫克斯沃西先生，你不介意我这么晚给你打电话吧。我希望是这样，不过那些小牛肉片真的（她按下按键）非常重要（她松开按键）。很好——明天一早（她按下按键）尽可能快。”

她把听筒放回挂钩上，转过身来，面对她的丈夫，喘着粗气。

“你就这么跟屠夫说话，是吗？”杰拉德说。

“这是女性的特有风格。”艾莉克丝轻快地说。

她心中充满了兴奋。他没有起疑心。迪克，就算他没明白我说的是什么，也会来的。

她走进起居室，打开电灯。杰拉德跟在她身后。

“你现在看上去精神很好？”他好奇地盯着她说道。

“是，”艾莉克丝说，“我的头不疼了。”

她在通常坐的座位上坐下，冲着丈夫微笑，而他坐在正对着她的椅子上。她得救了。现在只是八点二十五分，离迪克九点钟来还有很长一段时间。

“你给我泡的咖啡，我觉得不怎么好，”杰拉德抱怨说，“味道很苦。”

"我正在尝试的一个新品牌。要是你不喜欢的话，我们以后就不喝了，亲爱的。"

艾莉克丝拿起一件针线活，开始穿针引线。杰拉德读了几页他的书之后，抬头瞥了一眼时钟，把书扔到一边。

"八点半了。该去地下室开始干活了。"

针线活从艾莉克丝的手指间滑落。

"哦，还没到时间吧。让我们等到九点再去吧。"

"不，亲爱的——八点半。是我定下的时间。这样你就能早些上床睡觉。"

"但是我情愿等到九点钟。"

"你知道，一旦我定下时间，就会坚持下去。来吧，艾莉克丝。我一分钟都不想再等了。"

艾莉克丝看着她，感到浑身一阵战栗。面具已经掀开，杰拉德的双手在抽搐，他的眼睛因为兴奋而闪闪发亮，他的舌头不停地舔着干燥的嘴唇。他不再掩饰他的兴奋。

艾莉克丝想："是真的。他等不及了，他就像一个疯子。"

他跨步到她面前，把一只手放到她肩膀上，猛地把她拉起来。

"来吧，亲爱的，要不然我会抱你去那儿。"

他的语调很是愉快，但其中包含的那种露骨的狂暴令她震惊。她好不容易才挣脱开，蜷缩着靠在墙上。她软弱无力。她逃不掉了，她什么也做不了——他正向她走来。

"现在，艾莉克丝——"

"不……不。"

她尖叫着，手无力地将他挡开。

"杰拉德——停下来——我有些事要告诉你，我要向你坦白。"

他果然停了下来。

“坦白？”他好奇地问。

“是的，坦白。”她随便用了个词，但是孤注一掷继续说了下去，试图吸引他的注意力。

他的脸上掠过一丝轻蔑。

“从前的恋人，我想你要说的是这个吧。”他不屑地说。

“不是，”艾莉克丝说，“是别的事。你会称它为，我想——是的，你会说它是犯罪。”

一瞬间，她发现自己说到了点子上。他的注意力重新被吸引。看到这些，她又恢复了勇气。她觉得自己再次掌控了局面。

“你最好还是坐下来。”她平静地说。

她穿过房间，走到自己的旧椅子前坐了下来。她甚至把扔下的针线活又捡起来。但是在这份平静背后，她正急切地思考、编造，因为她的故事必须能够引起他的兴趣，直到有人来解救她。

“我曾经告诉过你，”她慢慢地说，“我做了十五年的速记打字员。那并不完全是真事。这中间有两次间隔。第一次是我二十二岁的时候，我偶遇一个男人，一个上了年纪但没什么财产的人。他爱上了我，并且向我求婚。我接受了。于是我们结了婚。”她停顿了一下，“我诱使他为我投保。”

她看到她丈夫的脸上突然流露出了感兴趣的样子，于是恢复信心，继续讲了下去：

“战时我在医院的药房工作过一段时间，在那里我接触过各种罕见的药品和毒药。”

她若有所思地停下来。现在，毫无疑问，他已经非常感兴趣了。杀人犯一定会对谋杀感兴趣。她在这上面赌了一把，并且成功了。她偷偷扫了一眼时钟。差二十五分到九点。

“有一种毒药——是白色的粉末。只要一小撮，就可置人于死地。也许，你对毒药有些了解？”

她有些不安地问道。如果他了解，那她就得小心。

“不，”杰拉德说，“我对毒药知之甚少。”

她松了一口气。

“当然，你听过东莨菪碱吧？这种药的药性与其他药物差不多，但是绝对不留痕迹。任何医生都会诊断为心力衰竭。我偷了一些，把它保存下来。”

她停顿片刻，积蓄力量。

“说下去。”杰拉德说。

“不，恐怕不行。我不能告诉你。下次吧。”

“现在，”他不耐烦地说，“我想听。”

“当时我们已经结婚一个月，我对我年长的丈夫十分体贴和忠诚。他向每一位邻居夸赞我。每个人都知道我是个多么忠诚的妻子。我每天晚上都要为他煮咖啡。一天晚上，当我俩单独在一起时，我把一小撮那种致命的生物碱放进了他的杯中——”

艾莉克丝停下来，然后小心翼翼地重新做起了针线活。她这辈子从来没演过戏，但此刻，连这世上最出色的女演员都比不上她。实际上，她正扮演着冷血的下毒者的角色。

“一切非常平静。我坐下来看着他。他有点喘不上来气，想要新鲜空气，我打开了窗户。然后他说他在椅子上动弹不了。很快，他就死了。”

她停住话头，微笑着。现在离九点还有十五分钟。他们一定很快就能到这儿。

“多少钱，”杰拉德说，“那份保险？”

“大概是两千英镑。我用这些钱来投机，可是全部赔了进去。我重回办公室开始工作。但我从未打算要在那儿久留。然后我遇到了另一个男人。在办公室里我一直用的是娘家姓。他不知道我以前结过婚。他比较年轻，长相不赖，而且很有钱。我们在苏塞克斯低调成婚。他不想投保，不过当然，他还是立了一份以我为受益人的遗嘱。和我的第一任丈夫一样，他也喜欢我亲自为他煮咖啡。”

艾莉克丝若有所思地微笑着，又简短地加上一句：“我煮的咖啡确实不错。”

然后，她接着说：

“在我们住的村子里，我有几个朋友。一天晚饭后，我的丈夫突然心力衰竭去世，他们都为我感到难过。我不是很喜欢那个医生。我不认为他在怀疑我，但是他对我丈夫的突然离世感到非常惊讶。我不知为什么后来又回到办公室工作。习惯，我想。我的第二任丈夫留给我大约四千英镑的遗产。这回我没有用去投机，我做了投资。然后，你看——”

可她被打断了。杰拉德·马丁的脸涨得通红，半哽着，用颤抖的食指指向她。

“咖啡——上帝啊！那咖啡！”

她盯着他看。

“我终于知道为什么咖啡会那么苦。你这个魔鬼！你又要重耍你的把戏了。”

他的双手紧紧抓住椅子的扶手。他准备向她扑过来。

“你给我下毒。”

艾莉克丝退到壁炉边。现在，吓坏了的艾莉克丝矢口否认——然后她停住了。他随时可能向她扑过来。她聚集起全身所有的力量，目不转睛地盯着他。

“是啊，”她说，“我喂你喝了毒药。现在药力已经发作。你不能离开你的椅子——别动——”

如果她能让他待着不动——哪怕只有几分钟……

啊！那是什么？路上有脚步声。大门吱呀一声。然后是踏上屋外小路的脚步声。外面的门开了。

“你别动。”她又说了一遍。

然后她从他身边溜过，匆匆逃到屋外，倒在迪克·温迪福特的怀中。

“上帝啊！艾莉克丝。”他大叫道。

随后，他转向跟他同来的那个人，一名高大健壮的制服警察。

“进去屋里看看发生了什么事。”

他小心翼翼地将艾莉克丝放倒在沙发上，俯下身来。

“我的姑娘，”他咕哝道，“我可怜的姑娘。他对你做了什么？”

她的眼皮颤动着，嘴里只是嘟囔他的名字。

警察碰了碰迪克的胳膊，他方才如梦初醒。

“屋里什么事都没有，先生。但是有个男人坐在椅子上。好像被吓坏了，而且——”

“什么？”

“嗯，先生，他——死了。”

艾莉克丝的声音让他们两个人吓了一跳。她仿佛在说梦话，依旧闭着眼睛。

“很快，”她几乎像是在援引什么一样，“他死了——”

列车上的女孩

"就这么完蛋了！"乔治·罗兰懊丧地评论道。他抬头凝望刚刚走出来的那幢壮观、布满烟尘的大楼的正面。

这件事恰如其分地展现了金钱的力量——乔治·罗兰的叔叔威廉·罗兰，刚刚就代表金钱慷慨陈词了一番。在短短的十分钟内，乔治从他叔叔的掌上明珠——财产的继承人，一个商业生涯前途无量的年轻人——一下子成了失业大军中的一员。

"穿着这身衣服，他们连救济金都不会发给我。"罗兰先生郁闷地想，"至于写上两首诗，到处上门兜售，称只卖两便士（或者'您想给多少钱，女士'），我可实在没这种脑筋。"

的确，乔治的衣服展现了裁缝艺术的真正成就。他的衣着精美雅致，所罗门和田野里的百合花都无法与之媲美[①]。但是男人不能只靠衣装过活——除非他在艺术方面受过良好的训练——罗兰先生痛苦地认识到了这个现实。

"都怪昨晚那场糟糕的演出。"他闷闷不乐地想。

---

①《圣经·新约·马太福音》第六章第二十九节："然而我告诉你们，就是所罗门极荣华的时候，他所穿戴的还不如这花一朵呢！"此处比喻乔治·罗兰穿戴十分华贵。

昨晚那场糟糕的演出是指考文特花园皇家歌剧院的舞会。罗兰先生回来时，天色已晚——或者还很早——事实上，他不记得自己到底是几点钟回来的。罗杰斯，他叔叔的管家，是个爱管闲事的家伙，肯定会对这事儿添油加醋。头痛欲裂，一杯浓茶，以及差五分十二点而非九点半到达办公室，都引发了这场灾难。老罗兰先生，二十四年来就像一个圆通的亲戚那样，宽容大度，按时付钱，却突然之间抛弃了这些策略，展现出一副全新的模样。乔治前后矛盾的回答（这个年轻人的脑袋仍然痛得要命，像是在中世纪宗教裁判所中受刑那般）让他更加不满。威廉 · 罗兰做事非常老练，他只用寥寥数语就把侄子扔到了外面的世界，随后就开始处理之前被打断的关于探测秘鲁的几个油田的事儿。

乔治 · 罗兰把从叔叔办公室里带出来的灰尘从鞋上抖掉，然后漫步在伦敦街头。乔治是一个讲求实际的人。一顿丰盛的午餐，他认为，比审时度势更重要。于是他去吃了午餐，然后返回那座家族大宅。罗杰斯给他开了门。就算在这个不寻常的时刻见到乔治，他训练有素的脸上也没有流露出惊讶之情。

“下午好，罗杰斯。你能把我的东西打下包吗？我要离开这里。”

“好的，先生。您要做短暂拜访？”

“再见了，罗杰斯。我今天下午就要动身去殖民地。”

“真的吗，先生？”

“是的。如果有合适的船的话。你知道航运的情况吗，罗杰斯？”

“您要去哪个殖民地，先生？”

“没什么特定目标，哪里都行。就澳大利亚吧。你觉得怎么样，罗杰斯？”

罗杰斯审慎地咳嗽了一下。

“嗯，先生，我确实听说那里对于真正想要找工作的人来说大有机会。”

罗兰先生用充满兴趣和钦佩的眼神盯着他。

“说得不错，罗杰斯。我也这么想。我不去澳大利亚——起码今天不去。给我找一本《铁路旅行时刻表》来，好吗？我们可以找个近点的地方。”

罗杰斯拿来书。乔治随意地打开，用手飞快地翻动着书页。

“珀斯[①]？太远了。普特尼桥[②]？太近了。拉姆斯盖特？不行。赖盖特我也不感兴趣。还真有个地方叫罗兰城堡。你听说过它吗，罗杰斯？”

“我想，先生，您需要从滑铁卢车站去那里。”

“罗杰斯，你真是个好伙伴。你什么都知道。好吧，好吧，罗兰城堡！我想知道那是个什么样的地方。”

“不是什么大地方，我只能这么说，先生。”

“那更好，竞争没那么激烈。在这些安静的小村庄里，旧有的封建意识还很流行。古老的罗兰家族的最后一名成员应该会立刻得到赏识。我都不知道他们会不会在一个星期之内就选举我做市长。”

他砰的一声合上了《铁路旅行时刻表》。

“就这么定了。帮我收拾个小行李箱好吗，罗杰斯？还有，代我向厨师致谢，然后帮我问问是否可以借她的猫一用。迪克·惠廷顿[③]，你

---

①Perth，苏格兰中部的一座城市，位于泰河河畔，是珀斯—金罗斯议会区的行政中心，为苏格兰第七大城市。

②Putney Bridge，横跨于伦敦泰晤士河之上。该桥于一七二九年开通。

③迪克·惠廷顿（Dick Whittington，1350—1423），英国商人，曾三次担任伦敦市市长。在英国民间故事中，迪克·惠廷顿在伦敦一个富商家打工，为了应付卧室的老鼠，他买了一只猫。这只猫后来作为他的物品被带去交易，由于富商出售货物的地点，鼠患成灾，那只猫出人意料地卖了好价钱。惠廷顿因此一跃成为上流社会的人，并当上了伦敦的市长。

知道。假如出发去就任市长，一只猫是至关重要的。”

“对不起，先生，这只猫现在不能用。”

“怎么了？”

“它刚刚生了八只小猫，先生。就在今天早上。”

“真的吗？我想它的名字叫彼得。”

“确实是，先生。我们都很吃惊。”

“起名不当，性别欺骗，啊？好吧，好吧，我不带猫了。帮我立刻打包东西吧，好吗？”

“好的，先生。”

罗杰斯犹豫片刻，又向屋里挪动了一下。

“请原谅我的冒昧，先生，但如果我是您的话，我不会过分在意罗兰先生今早说的话。他昨晚参加了一个市里的晚宴，然后——”

“不用说了，”乔治说，“我明白。”

“所以就容易——”

“我知道，我知道。对你来说，真是个费力的夜晚，和我们两个一起，对吧？但是我已经决定要去罗兰城堡——我家族的发源地——演讲肯定会顺利进行，不是吗？如果准备好了炖牛肉，你可以发电报，或者在晨报上登载一条小广告，随时召我回来。现在，去滑铁卢！就像惠灵顿将军[①] 在那场历史性战役前夜所说的那样。”

当天下午，滑铁卢火车站并没有展现出它最光彩照人的样子。罗兰先生最后终于发现一趟能带他前往目的地的火车。但这是一列普通客车，一点儿也不威风——看起来没人会急于坐它去旅行。罗兰先生坐在列车前部的头等车厢。雾气隐约降临在城市上空，时聚时散。月

①一八一五年，惠灵顿公爵在滑铁卢战役中击败拿破仑，成就了他在军事上的地位。

台空寂无人，只有火车头发出的呼哧呼哧声划破了寂静。

就在此时，突然发生了几件始料未及的事情。

首先是一个女孩突然出现，她拧开门，跳上车，把罗兰先生从打盹中惊醒。她大声惊呼："哦！把我藏起来——哦！请您把我藏起来。"

乔治是个行动派——他不问原因，只是去做，而且一做到底。火车车厢里只有一个地方可以藏人——座位下面。很快，女孩就被安置在那里，而乔治的行李箱则随意地立在地上，挡住了她的藏身之处。没过多久，一张愤怒的脸出现在车窗上。

"我的侄女！她在你这里。我要找我的侄女。"

乔治屏息凝神，斜靠在角落里，正在用心读一份有三十版的晚报的体育栏目。他把报纸放到一边，表情像是刚从遥远的地方被召回到现实中似的。

"您说什么，先生？"他彬彬有礼地说。

"我的侄女——你对她做了什么？"

想到进攻是比防守更好的策略，乔治立即付诸行动。

"见鬼，您到底在说什么？"他喊道，非常逼真地模仿着他叔叔的举止。

对方愣了一下，被这突如其来的凶狠气势惊呆了。这是个胖胖的男人，因为跑了几步有点气喘。他留着平顶头，蓄着德国霍亨索伦式的胡子。他的发音带着浓重的喉音，生硬的举止表明他在家穿制服的时间多过不穿的时候。乔治具有英国人那种天生的对于外国人的偏见——尤其讨厌德国模样的外国人。

"你到底在说些什么，先生？"他怒气冲冲地重复道。

"她刚才进了这里，"对方说，"我看到了。你对她做了什么？"

乔治生气地把报纸扔到一旁，猛地从窗户里探出头和肩膀。

“原来是这样，是吗？”他咆哮道，“这是敲诈。可是你找错人了。我在今早的《每日邮报》上读到过你们这种人的把戏。这里，警卫，警卫！”

争吵声早就吸引了远处的警卫人员，他们匆忙赶过来。

“这里，警卫，”罗兰先生用下层阶级十分羡慕的权威者的神气说，“这个家伙在骚扰我。如果有必要的话，我会控告他试图敲诈。他谎称我把他的侄女藏了起来。总有这样一伙外国人玩这套把戏。这种行为应该被阻止。你会把他带走，是吗？这是我的证件。”

警卫来回打量了两人一番，很快做了决定。他所受的训练让他瞧不起外国人，而尊敬仰慕穿着考究、乘坐头等车厢旅行的绅士们。

警卫用手抓住闯入者的肩膀。

“嗨，”他说，“从这里出去。”

在这个关键时刻，陌生人的英语让他吃了亏，于是突然用母语激烈地咒骂起来。

“够了，”警卫说，“快走开，听到没？火车就要出发了。”

旗子摇摆，汽笛鸣响。火车不情愿地猛然一抖，缓缓驶离了车站。

乔治继续待在他的观察哨位上，直到他们离开站台。然后他缩回头，拎起行李箱塞回行李架上。

“已经没事了。你可以出来了。”他安慰道。

女孩爬了出来。

“哦！”她喘了口气，“我该怎么谢你呀？”

“不用谢。很高兴能帮到你，我保证。”乔治淡然地回答。

他冲她安慰地一笑。她的眼中有一丝迷惘的神情，看上去好像在思念往事。这时，她在对面的窄玻璃上瞥见了自己的身影，不禁倒吸了一口气。

车厢保洁员是否每日打扫座位底下，实在值得怀疑。表面看来，他们没有打扫，不过也许每片灰尘和烟尘都像归巢的鸟儿一样在那里找到了容身之所。这个姑娘出现得如此突然，且旋即爬进藏身之处，使得乔治来不及看清楚她的容貌。不过可以肯定的是，消失在座位下的是衣着整洁、得体的年轻女士。而现在，她的红色小帽已经被压扁变形，脸也被一道道尘土纹弄得失了形象。

“哦！”那女孩说道。

她摸索着自己的包。乔治表现出了真正绅士的一面，他目不转睛地看向窗外，欣赏着泰晤士河以南的伦敦大街。

“我该怎么谢你？”女孩又说了一遍。

听到这个可以重新开始谈话的暗示，乔治收回自己的目光，再次礼貌地表示没有必要。但是这次，他的举止中流露出更多的热情。

这个女孩真是可爱！乔治对自己说，他以前从来没有见过这么可爱的女孩子。于是他举止中的热情越发明显。

“我觉得您真是太好了。”女孩热情地说道。

“哪有。世上没有比这更简单的事儿了。很高兴能帮上你的忙。”乔治含糊地说。

“太好了。”她加强语气再次说道。

毫无疑问，当可爱至极的女孩盯着你的眼睛，对你说你有多么好时，这实在令人兴奋。乔治也和其他人一样感到十分欣喜。

然而，接下来是一阵令人尴尬的沉默。女孩渐渐明白，对方希望她做进一步解释。她的脸色微微发红。

“恐怕，”她紧张地说，“我没法解释。”

她带着惹人怜爱的神态不安地看着他。

“你没法解释？”

“是的。”

“这可真是妙极了！”罗兰先生热情地说。

“您说什么？”

“我说，‘真是妙极了’。就像那些让你夜不能寐的书籍，女主人公总是在第一章里说：‘我没法解释。’当然，最后她会解释。而且从来没有任何理由能说明为什么她不在最开始就这么做——除了一点，那样会毁掉这个故事。我无法告诉你，被卷入一个真正的谜当中，我有多高兴——以前我不知道真会有这样的事情。我希望是和机密文件、巴尔干特快列车有关。我超级喜欢巴尔干特快列车。”

女孩眼睛睁得大大的，狐疑地盯着他。

“是什么让你想到巴尔干特快列车？”她敏锐地问道。

“但愿我没有显得很轻率，”乔治赶紧加了一句，“也许你的叔叔会乘坐它旅行。”

“我的叔叔——”她停顿了一下，然后又接着说，“我的叔叔——”

“正是如此，”乔治同情地说，“我自己也有一个叔叔。没人应该为他们的叔叔负责。生活中的小挫折——我就是这么看待的。”

女孩突然笑了起来。当她开口说话时，乔治注意到她语调中带有些许外国腔。一开始他还以为她是英国人。

“您真是一位令人愉悦、与众不同的人，嗯——”

“罗兰。我的朋友们叫我乔治。”

“我叫伊丽莎白——”

她猛地停住话头。

“我喜欢伊丽莎白这个名字，”乔治说，以掩饰她片刻的困窘，“我希望别人不是叫你贝茜，或者类似的可怕名字吧？”

她摇摇头。

“好了，”乔治说，“既然我们已经认识了，最好还是谈点正事吧。如果你愿意站起来，伊丽莎白，我可以帮你掸一下你外套后面的灰尘。”

她顺从地站了起来，而乔治也没有食言。

“谢谢您，罗兰先生。”

“乔治，记住，我的朋友们都叫我乔治。你不会跳进我的这节空车厢，滚到座位底下，让我对你的叔叔撒谎，然后又拒绝做我的朋友吧，你会吗？”

“谢谢你，乔治。”

“这回好多了。”

“我现在看起来没事了吧？”伊丽莎白问道，一边试图从左肩膀向后看。

“你看上去——哦！你看上去——你看上去一切都好。”乔治说，竭力忍住不笑。

“你瞧，一切都发生得那么突然。”女孩解释道。

“一定是这样。”

“他看到我们上了出租车，随后我逃到这里，知道他一直紧紧跟在我后面。对了，这趟火车是去哪里？”

“去罗兰城堡。”乔治坚定地说。

女孩看上去有些困惑。

“罗兰城堡？”

“当然，不是直达。中途要经停多处，走得很慢。但是我很肯定我们会在午夜之前到达那儿。老西南铁路是一条值得信赖的线路——虽然慢，但是很保险——而且我很肯定南方铁路公司仍保持着他们的老传统。”

“我不知道自己是不是想去罗兰城堡。”伊丽莎白犹疑地说。

“这话可伤到我了。那是一个十分讨人喜爱的地方。”

“你曾经去过那里？”

“确切来讲，没去过。但是，如果你不喜欢罗兰城堡，还有很多其他地方你可以去。沃金、韦布里奇、温布尔登。[①] 火车肯定会停靠其中一站。”

“我明白了，”女孩说，“是的，我可以在那里下车，也许再坐汽车回伦敦。我想这可能是最好的计划。”

就在她说话的时候，火车开始减速。罗兰先生恳切地盯着她。

“如果我能做些什么——”

“不，真的。你已经做了很多。”

一阵沉默后，女孩突然说：

“我——我希望我可以解释一下。我——”

“看在上帝的分上，别这么做！这会毁了一切。不过听着，真的没什么我能做的吗？把秘密文件带去维也纳——或者类似的事情？总会有秘密文件。给我个机会。”

火车停了。伊丽莎白飞快地跳到月台上。她转身，透过窗子对他说：

“你是认真的吗？你真的愿意为我们——为我做些什么？”

“我愿意为你做世上的任何事，伊丽莎白。”

“即使我没法给你一个理由？”

“理由，去他妈的！”

“即使这事儿——很危险？”

---

①都为英国地名。

“越危险，越好。”

她犹豫了一会儿，随后似乎下了决心。

“从窗户探身看外面。低头看月台，装出随意一些的样子。”罗兰先生尽力遵照这个有些难办的建议去做，“你看到那个正准备上车的男人了吗？就是留着小黑胡子，穿着浅色大衣的那个？跟着他，看看他要做什么，去哪里。”

“就这些？”罗兰先生问，“我要——”

她打断了他的话。

“我会给你进一步的指示。盯着他——还有保护这个。”她把一个密封的小包裹扔到他手里，“用你的生命去保护它。这是一切的关键。”

火车又开动了。罗兰先生依旧盯着窗外，目送伊丽莎白高挑优雅的身影随着月台逐渐消失。他的手还一直紧紧抓着那个密封的小包裹。

剩下的旅程既单调又平凡。这是一趟慢车，哪个站都停。每一站，乔治都会把头探出窗户，以防他的“猎物”下车。停车时间较长时，他偶尔还会在月台上来回踱步，以确认那个男人仍在车上。

这趟车的终点站是朴茨茅斯，正是在这站，黑胡子乘客下了车。他走进一家二等旅馆，订了一个房间。罗兰先生也订了一间房。

他们的房间在同一条走廊上，中间只隔着两扇门。对乔治来说这个安排令人满意。尽管在隐藏行踪方面，他完全是个新手，可他急于表现自己，不辜负伊丽莎白对他的信任。

晚餐时，乔治餐桌的位置离自己的“猎物”并不远。屋子里并没有坐满人，乔治估摸着大部分用餐者都是旅行商人，他们衣着得体，安静且津津有味地享用着食物。只有一个人引起了乔治的特别注意，这是个长着姜黄色头发和胡子的小个子男人，衣着透露出他是个赛马爱好者。他似乎同样对乔治感兴趣，而且提议晚餐结束后一起去喝一杯，打打台球。但是乔治正好看到黑胡子男人在戴帽子，穿外套，所以便婉拒了他。之后，他走到街上，进一步认识到跟踪的难度。这是一次漫长而疲倦的跟踪——而且最终似乎也没有什么结果。在沿着朴茨茅斯的街道拐来拐去长达四英里后，这人返回了旅馆，乔治紧跟其后。一丝疑虑袭上他的心头。那个男人是不是已经意识到他的存在？当乔治站在大厅里琢磨这事儿时，外面的门被推开了，那个姜黄色小个子走进来。显然，他也刚从外面散步回来。

乔治突然意识到前台的漂亮姑娘正在同他说话。

"罗兰先生吗？有两位绅士来拜访您。两位外国的绅士。他们在走廊尽头的小房间里。"

乔治微微有些吃惊，狐疑地找到那个房间。两个男人正坐在那里，礼节性地起身向他鞠躬。

"罗兰先生吗？毫无疑问，您能猜到我们的身份。"

乔治从一个人看到另一个人。说话的人年纪稍长，头发灰白，是个讲一口流利英语的傲慢绅士。另外一位是个高个儿年轻人，长了些粉刺，有一张日尔曼式脸孔，不过并不吸引人，因为此时此刻他正满面怒容。

乔治发现，这两位访客中并没有在滑铁卢车站遇到的那位老绅士，于是略微松了口气，他摆出一副温文尔雅的举止。

"先生们，请坐。很高兴认识二位。你们喝些什么？"

"谢谢您，罗兰阁下——我们不喝。我们时间不多——只是有个问题想要问您。"

"您把我列入贵族阶层，真是太好了。"乔治说，"很遗憾，你们不打算喝一杯。那么是什么重要的问题呢？"

"罗兰阁下，您和一位女士一起离开伦敦，结果现在却独自一人在这里。那位女士去了哪儿？”

乔治站起来。

“我不明白您的问题，”他冷冷地说，竭力模仿小说中的男主人公那样讲话，“我很荣幸，祝您二位晚安，先生们。”

“但是你确实清楚，你一清二楚。”那个年轻一些的人突然叫嚷起来，“你把亚莉克莎怎么样了？”

“冷静点，先生，”另一个低声说道，“请你冷静些。”

“我可以向你们保证，”乔治说，“我不认识叫这个名字的女士。这里面一定有误会。”

年长的那位目光锐利地盯着他。

“不可能，”他干巴巴地说，“我冒昧地查看了旅馆登记簿，您登记在上面的名字是罗兰城堡的G·罗兰先生。”

乔治不由得脸一红。

“这——这只是我开的一个玩笑。”他心虚地解释道。

“这借口不怎么样。喂，别兜圈子了。殿下到底在哪儿？”

“如果你是说伊丽莎白——”

年轻人怒吼一声，朝乔治猛冲过来。

“猪狗不如的东西！竟敢这么称呼她。”

“我指的是，”另一位缓缓开口，“您也许早就听说过，卡塔尼亚的安娜塔西亚·索菲亚·亚历山德拉·玛利亚·海伦娜·奥尔佳·伊丽莎白公主殿下。”

“哦！”罗兰先生无助地感叹道。

他尽力回忆卡塔尼亚的有关情况。据他的记忆，这是巴尔干半岛上的一个小王国，他似乎记得那里发生了一场革命。他又重新打起精神。

“显然，我们说的是同一个人，”他高兴地说，“只是我称她为伊丽莎白。”

“为此你得补偿我，”年轻人咆哮道，“我们打一架。”

“打一架？”

“决斗。”

“我从不决斗。”罗兰先生坚决拒绝。

“为什么？”对方不高兴地质问道。

“我怕受伤。”

“啊哈！真的是这样吗？那我至少可以把你的鼻子拽下来。”

年轻人气势汹汹地逼近。接下来的事难以预料，但是他的身体在空中划出一个半圆，然后砰的一声重重摔倒在地。他头晕眼花地挣扎着站起来。罗兰先生愉快地微笑着。

“正如我所说，”他说，“我害怕受伤，所以就去学了柔道。”

沉默。两名外国人迟疑地看着这个面色温和的年轻人，好像突然意识到在他温文尔雅的举止背后潜藏着某种危险的品性。年轻的日耳曼人气得脸色煞白。

“你会为此后悔的。”他低声呵斥道。

年长者依旧保持着他的尊严。

“这就是你最后要说的，罗兰阁下？你拒绝告诉我们公主殿下的行踪？”

“我并不知道。”

“别指望我们会相信你的话。”

“恐怕您生性多疑，先生。”

对方只是摇了摇头，低声说：“这件事还没完。你会再次听到我们的消息。”两个人离开了旅店。

乔治扶额思索。事情发展得太快了。他明显已经被卷入一场欧洲贵族的丑闻之中。

“这可能意味着另一场战争。”乔治满怀希望地说，同时四处寻找那个黑胡子男人的身影。

令人欣慰的是，他发现那人正坐在商务间的一个角落里。三分钟之后，黑胡子起身去睡觉。乔治尾随其后，看着他走进房间关上了房门。乔治松了一口气。

“我需要休息一晚，”他咕哝道，“非常需要。”

接着，一个可怕的念头涌上心头。如果黑胡子已经发觉乔治在跟踪他怎么办？如果他趁乔治晚上睡着之后溜走怎么办？几分钟后，罗兰先生想到了一个解决难题的方法。他拆开自己的一只袜子，抽出足够长的浅色羊毛线，然后悄悄溜出自己的房间，把羊毛线的一头用邮票粘在那个人的房门上，拽着羊毛线的另一头回到了自己的房间。他把线端拴在一个小银铃上——昨晚娱乐的战利品。他满意地检查着他的安排。黑胡子男人如果企图离开的话，乔治会立刻被铃声叫醒。

这件事办完之后，乔治立刻找到卧床，把那个小包裹小心翼翼地藏在枕头下面。这时，他陷入了片刻的沉思。他的思绪如下：

“安娜塔西亚 · 索菲亚 · 玛利亚 · 亚历山德拉 · 奥尔佳 · 伊丽莎白。真见鬼，有个名字想不起来。我想知道现在——”

他无法立即入眠，因为理解不了眼前的局势而备受折磨。到底是怎么回事？逃跑的公主、密封的小包裹和黑胡子男人之间，究竟有什么关联？公主要逃避什么？那几个外国人是否注意到密封包裹在他手里？这里面究竟是什么东西？

想着想着，带着毫无头绪的烦躁，罗兰先生睡着了。

罗兰先生被微弱的铃声惊醒。他并不是那种一醒来就能够很快投入行动的人，但只花了一分半钟他就搞清楚了情况。随后，他跳将起来，把脚塞进拖鞋里，小心翼翼地打开门，溜到走廊上。走廊的另一端尽头隐约闪现的身影向他指明了猎物的方向。罗兰先生蹑手蹑脚地跟在他身后。他正好看到黑胡子男人进了盥洗间。这真奇怪，尤其是因为他房间对面正好就有一个盥洗间。乔治走近微开着的房门，通过门缝向里面窥视。只见那个男人跪在浴缸边，正对后面的壁角板捣鼓着什么。他在那儿大概待了五分钟，随后站起身来，乔治小心地撤开身。他安全地躲入自己房门的阴影之中，看着那人从门前经过，然后重新回到自己房里。

“好了，”乔治自言自语道，“明天早晨再去调查盥洗间之谜吧。”

他爬上床，把手伸到枕头底下去确认小包裹是否还在那里。可紧接着，他慌乱地抖开床单被褥。包裹不见了！

第二天早晨，悲伤愧疚的乔治坐在桌前吃着鸡蛋和培根。他辜负了伊丽莎白。他把她托付的珍贵包裹弄丢了，而且那个“盥洗间之谜”又糟糕地说明不了什么问题。是的，毫无疑问，乔治做了件蠢事。

早餐过后，他走上楼去。走廊里站着一个神情困惑的女保洁员。

“亲爱的，出了什么事？”乔治亲切地问。

“是住这间屋子的绅士，先生。他让我八点半的时候叫他，可没人应声，而且门也锁着。”

“不会吧。”乔治说。

他心中升起一种不安之感，匆匆返回自己的房间。然而心里制订的所有计划瞬间被一个始料未及的发现完全打乱——昨晚被偷走的小包裹出现在了梳妆台上。

乔治把它拿起来仔细检查。是的，毫无疑问就是那个包裹。但是封条已经被打开了。犹豫片刻，他拆开了包裹。如果别人已经看过里面的东西，那他就没有理由不能看看。再说，里面的东西可能已经被人盗走了。打开的纸包里是一个小纸盒，像是珠宝盒那类。乔治把它打开，盒子里面有一枚普通的金制婚戒插在绒布基座上。

他拿起戒指仔细端详。内环没有刻字——与别的婚戒毫无二致。乔治呻吟着用手捧头。

“疯了，”他咕哝道，“就是这样。十足的疯子。没有理智可言。”

突然，他记起女保洁员说的话，同时注意到窗户外面有一道宽宽的护墙。平时他不会尝试这样的行为，但是此刻好奇与愤怒的火焰熊熊燃起，让他对困难毫不在意。他跳上窗台。几秒钟之后，他透过黑胡子房间的窗户向里窥视。窗户开着，屋子里空无一人。不远处有一道防火梯，很明显猎物是从那儿逃走的。

乔治从窗户跳进屋里。失踪男子的个人物品散落在四处。或许，其中会有些线索能释去乔治心头的困惑。他首先从一个破旧的工具袋开始找起。

一阵声响使他停止了搜寻——一个非常微弱的声音，但确实是在这个屋子里。乔治的目光移向大衣橱，他跳起来扭开了门。这时，一个男人从里面跳出来，往地上一骨碌，却被乔治一把抱住。他是个旗鼓相当的对手。乔治使出浑身解数却收效甚微。最后，两人精疲力竭才彼此分开，乔治此时第一次看清他的对手。原来是那个长着姜黄色胡子的小个子。

“你到底是谁？”乔治问道。

作为回答，对方掏出一张名片递给他。乔治大声读道：

“苏格兰场，加洛德探长。”

“是的，先生。而且你最好把整件事的来龙去脉都告诉我。”

“我，是吗？”乔治若有所思地说，“你知道吗，探长，我想你是对的。我们是否可以先找个更适当的地方再谈？”

在酒吧一个僻静的角落里，乔治讲述了故事的大致经过。加洛德探长同情地听着。

“非常费解，就像你说的，先生，”乔治说完后，他评论道，“这里面有很多东西我也搞不懂，不过有一两点我可以向你澄清。我在此地跟踪马登伯格（你的黑胡子朋友）时，你突然出现，而你观察他的方式让我生疑。我想不起你是谁。昨天晚上，你外出时，我偷偷溜进你的房间。是我偷了你枕头下面的那个小包裹。我把它打开之后，发现里面并不是我要找的东西，于是立刻找机会把它送了回去。”

“这无疑使事情清楚了些，”乔治若有所思地说，“看来我自始至终都很蠢。”

“我不这么想，先生。作为一个初学者，你已经做得很不错了。你说你今早去过盥洗间，而且拿走了他藏在壁角板里的东西？”

“是的，但那只是一封拙劣的情书，”乔治忧郁地说，“该死的，我可没想探听那个可怜鬼的私生活。”

“能拿给我看看吗，先生？”

乔治从口袋里掏出一封叠好的信递给探长。后者打开了它。

“确实如你所说，先生。不过我想，如果你在字母i之间连线的话，你会得出不一样的结果。哦，天哪，先生，这是一份朴茨茅斯海港防卫图。”

“什么？”

“是的。我们监视这个人已经有段时间了。对我们来说，他实在太狡猾。他让一个女人去做大部分的肮脏勾当。”

“一个女人？”乔治的声音有气无力，“她叫什么名字？”

“她有很多名字，先生。最常用的是贝蒂·布莱特艾斯。她是个非常美貌的女人。”

“贝蒂——布莱特艾斯。”乔治说道，“谢谢你，探长。”

“不好意思，先生，你看上去脸色不太好啊。”

“我不舒服，非常难受。事实上，我想我最好乘第一趟火车回伦敦去。”

探长看了看他的手表。

“我恐怕那是一趟慢车，先生。你最好等等快车。”

“没关系。”乔治黯然神伤，“没有哪趟车会比我昨天坐的那趟更慢。”

乔治再次坐在头等车厢里，悠闲地读着今天的报纸。突然，他坐直了身体，瞪着眼前的那一页。

“昨日在伦敦举行了一场浪漫的婚礼，罗兰·盖勋爵，阿克敏斯特侯爵的次子，同卡塔尼亚的安娜塔西亚公主殿下完婚。整个婚礼被严格保密。公主殿下和她的叔叔自从卡塔尼亚发生动荡以来，一直居住在巴黎。当罗兰勋爵还是英国驻卡塔尼亚使馆的秘书时，公主殿下便遇到了他，他们之间的爱恋也就此开始。”

“好吧，我——”

罗兰先生想不出什么强烈的话语来表达他此刻的心情。他呆望着前方。火车在一个小站停了下来，一位女士上了车。她坐到了乔治对面。

“早上好，乔治。”她的声音美妙悦耳。

“上帝啊！”乔治叫出声来，“伊丽莎白！”

她冲他一笑，看上去比以前还要可爱。

“听我说，”乔治喊道，一把抱住自己的头，“看在上帝的分上请告诉我。你是安娜塔西亚公主，还是贝蒂·布莱特艾斯？”

她盯着他看。

“都不是。我是伊丽莎白·盖。我现在可以把一切都告诉你了。而且我也要向你道歉。你看，罗兰（那是我哥哥）一直都爱着亚莉克莎——”

“你是说公主殿下？”

“是的，我家里人都这么叫她。嗯，就像我说的，罗兰一直很爱她，她也爱着罗兰。那场革命来临的时候，亚莉克莎人在巴黎。当他们准备结婚时，老斯特恩姆，就是首相，突然出面坚持要带走亚莉克莎，强迫她嫁给她的表兄卡尔王子，一个令人讨厌、满脸粉刺的人——”

“我想我已经见过他了。”乔治说。

“她十分讨厌那个人。但老王子乌斯瑞克，也就是她的叔叔，不允许她再和罗兰见面。所以她就跑到了英格兰，我们给在苏格兰的罗兰打电报。就在最后一刻，我们乘坐出租车去婚姻登记处的时候，和她叔叔的出租车打了个照面。当然，他跟踪了我们，我们无计可施，因为他一定会动真格的，况且他还是她的监护人。然后，我想到一个绝妙的主意——互换角色。如今的女孩子，除了她们的鼻尖，你几乎什么都看不到。我戴上了亚莉克莎的红帽子，穿上了她的棕色大衣，而她穿上了我的灰色衣服，接着我们让出租车开去滑铁卢车站。我在那儿跳下车，冲进站台。老乌斯瑞克一直跟着那顶红帽子，根本没想到出租车里还坐着另一个人。但是当然，不能让他看到我的脸，所以我逃进你的车厢求你帮忙。”

“这些我都已经知道了，”乔治说，“关键是接下来的事。”

“我明白。这就是为什么我要向你道歉。我希望你不要生气。你看，你当时看上去如此感兴趣，好像这就是个真谜团似的——就像书里那种我无法抵抗的诱惑。我从站台上挑了一个长相很凶恶的男人要你跟踪他，然后把包裹扔给了你。”

“里面是一枚婚戒。”

“是的。是亚莉克莎和我买的，因为罗兰直到婚礼前才能从苏格兰赶过来。当然，我知道等我回到伦敦时，他们已经用不着了——他们用的是窗帘拉环还是什么其他的东西。”

“我明白了，”乔治说，“世上之事就是如此——等你知道之后就很简单！请允许我，伊丽莎白。”

他脱掉她左手的手套，看到她的无名指上空空如也，才长出一口气。

“好了，”他评论道，“这枚戒指终于不会被浪费了。”

“哦！”伊丽莎白叫道，“但是我对你一点都不了解啊。”

“你知道我是个好人，”乔治说，“对了，我刚刚想到，你当然就是伊丽莎白·盖女士啦。”

“哦！乔治，你是个势利眼吗？”

“事实上，我确实是。我的梦想就是国王乔治向我借去半克朗，以便度过周末。但是我在想我的叔叔——一个已经疏远我的人。他是个彻头彻尾的势利小人。如果他知道我要和你结婚，然后会拥有家族头衔，他会立刻与我合伙！”

“哦！乔治，他很有钱吗？”

“伊丽莎白，你是个贪财的人吗？”

“当然。我很喜欢花钱。但是我在想我的父亲。他有五个女儿，全都是出身名门的美人。他很渴望一个有钱的女婿。”

“嗯，”乔治说，“这将会是天作之合。我们就住在罗兰城堡怎么样？有你做妻子，他们肯定会让我成为市长。哦！伊丽莎白，亲爱的，这可能违反公司章程，但是我必须亲亲你。”

唱一首六便士的歌

1

爱德华·帕利泽爵士，皇家法律顾问，住在安娜女王巷九号。安娜女王巷是条死胡同，地处威斯敏斯特区核心地带，这里依旧保留了一种安静的、远离二十世纪喧嚣的古朴氛围。这正合爱德华·帕利泽爵士的口味。

爱德华爵士过去曾经是最知名的刑事律师，如今不再从事律师行业，就以收集犯罪学藏书为乐。他还是《知名罪犯回忆录》一书的作者。

这天傍晚，爱德华爵士坐在藏书室的炉火前，啜饮上好的黑咖啡，冲着一本龙勃罗梭[①] 的书摇头。这些天才理论如今已经完全落后于时代了。

门几乎悄无声息地开了，训练有素的男仆踏着厚实的绒毛地毯走过来，小心翼翼地低语道：

---

① Cesare Lombroso（1836—1909），意大利犯罪学家、精神病学家，刑事人类学派的创始人。

“有位年轻女士想要见您，先生。”

“年轻女士？”

爱德华爵士很惊讶。这事可不太寻常。但他转念一想，有可能是他的侄女，艾瑟尔——可是，不会，如果是她，阿莫尔刚才就会禀明。

他小心地询问：“这位女士有没有通报她的名字？”

“没有，先生，但是她说她很肯定您会想要见她。”

“领她进来吧。”爱德华·帕利泽爵士说。这种说法激起了他的浓厚兴致。

一名高个儿、深肤色、年近三十的女性走了进来，她身着剪裁得体的黑色衣裙，戴着一顶小黑帽。她走到爱德华爵士跟前，伸出一只手，一副急于打招呼的样子。阿莫尔退了出去，随手无声地关上了门。

“爱德华爵士——您认得我，对吧？我是玛格德琳·沃恩。”

“啊，当然。”他亲切地握住了那只伸过来的手。

他现在完全记起来了。乘坐“西卢里克号”从美洲回国的那次旅行！这个可爱的孩子——因为那时她不过就比孩子大一点。他记得，自己曾向她表达过爱意，以一种慎重、老到、饱经世故的方式。她那时十分年轻——热情洋溢，满怀钦佩与英雄崇拜——俘获了一个年近六十的男人的心。这段回忆使他握手时格外热情。

“真是令人高兴。快请坐。”他把她安置在扶手椅中，平心静气地侃侃而谈，心中却一直在思忖她的来意。最后当他结束这段轻松的闲聊时，迎来的是一阵沉默。

她放在椅子扶手上的手握紧又松开，随后舔舔嘴唇，突然唐突地开口说：

“爱德华爵士，我想让您帮帮我。”

他很惊讶，本能地问道：

“怎么了？”

她更加紧张地继续说：

“您说过如果我需要帮助——如果这世上有什么您可以为我做的——您都会去做。”

是的，他曾经说过这话。一个人确实会说这种话——尤其是在分别的时候。他还能想起自己结结巴巴的声音——以及将她的手举到唇边的一幕。

“如果这世上有什么我可以做到的——记住，我是说……”

是的，一个人会说那种话……但是很少，很少有人能够履行自己的诺言！而且是过了——多少年来着？九年还是十年。他飞快地瞥了她一眼——她依旧是个美丽的女人，但已经失去了初见她时的魅力——那种纯洁的、不忍亵渎的青春模样。现在的这张脸，也许对年轻人来说更有吸引力，但是爱德华爵士却失去了那次大西洋航行结束时的热情和情感。

他的神情变得职业且谨慎。他语调略显尖刻地说：

“当然，亲爱的女士。我很乐意尽我所能帮助你——尽管我怀疑自己到了这个年纪，还能否对别人有所助益。”

可以说，这些话他是在给自己找退路，但是她却没有意识到这点。她属于那种一次只能看到一件事的人，而此刻，她眼中就只有自己的要求。她想当然地认为爱德华爵士愿意帮助她。

“我们遇到了麻烦，爱德华爵士。”

“我们？你结婚了？”

“没有——我是说我和我的兄弟。哦！其实还有威廉和埃米莉。但是我必须解释一下。我有……我有一个姨奶奶——克拉布特里小姐。您可能在报纸上读到过。太可怕了，她被杀了——谋杀。”

“啊！”一丝兴趣闪过爱德华爵士的脸，“大约一个月以前，是吗？”

这个姑娘点点头。

“更短些——三个星期。”

“是的，我记得。她在自己家里遭人重击头部。凶手还没被抓到。”

玛格德琳·沃恩又点点头。

“他们没抓住那个人——我认为他们永远也抓不住。您看——也许根本就无人可抓。”

“什么？”

“是的——非常糟糕。这事儿报纸上没有报道，却是警方的看法。他们知道，那天晚上没有人进入过那所房子。”

“你是说——”

“就是我们四个人中的一个干的。一定是。警察不知道是哪一个——我们也不知道……我们不知道。我们每天坐在家里，偷偷地相互观察，疑窦丛生。哦！如果只是外人的话——但我不知道这是怎么做到的——”

爱德华爵士盯着她，兴趣大增。

“你是指，家里人有嫌疑？”

“是的，我就是这个意思。当然，警方没这么说。他们彬彬有礼，待人谦和，不过将房子彻底搜查了一遍，盘问了我们所有人，玛莎更是被三番两次地问询……因为他们不知道究竟是哪个人，所以迟迟不肯出手。我太害怕了——非常害怕……”

“亲爱的孩子。得了，你是在夸大其词。”

“我没有。是我们四个人中的一个，一定是。”

“你指的是哪四个人？”

玛格德琳·沃恩坐直了身体，愈发镇静地说：

“有我和马修。莉莉是我们的姨奶奶。她是我们祖母的妹妹。我们从十四岁起就和她一起生活（我和马修是双胞胎，您知道）。还有威廉·克拉布特里。他是她的侄子——她兄弟的孩子。他和妻子埃米莉也住在那儿。”

“她供养他们？”

“差不多吧。他自己有些钱，但是身体不太好，只好待在家里。他很安静，爱幻想。我敢肯定，他根本不可能——哦！——光这样想想都很可怕！”

“我还是不太明白目前的情形。也许你不介意，简要叙述一遍这些事实——如果这不会让你过分悲痛的话。”

“哦！好的——我愿意告诉您。而且我依然记得很清楚，异常清楚。您知道，我们用过茶点后，就分头各干各的事了。我去做缝纫。马修去打一篇文章——他平时写点新闻。威廉去摆弄他的邮票。埃米莉没有下楼来喝茶。她吃了治疗头痛的药粉，躺在床上休息。所以，当时我们所有人都在忙活自己的事。当玛莎七点半进屋摆放晚餐时，莉莉姨奶奶已经死了。她的头……哦！太可怕了……整个被击碎了。”

“凶器找到了，我猜？”

“是的，是一块沉甸甸的镇纸，平时就放在门边的桌子上。警察检查了上面的指纹，但是根本没有指纹，已经全部被抹掉了。”

“那你的第一个猜测是什么？”

“当然是进了盗贼。书桌的两三个抽屉被拉开了，好像盗贼在找什么东西。当然，我们以为就是贼干的！然后警察来了——他们说她至少已经死了一个小时，并询问玛莎有谁进过房子，玛莎说没有人。所有的窗户都从里面闩着，屋里的东西似乎也没人碰过。随后，警察开始向我们提问……”

她停下来，胸脯起伏不定。她恐惧而充满恳求的目光寻求着爱德华爵士的安抚。

“比如，在你姨祖母死后，谁会获益？”

“很简单。我们都会获益，均等的。她把钱平分给我们四个人。”

“那她的遗产有多少？”

“律师告诉我们，在扣除遗产税之后大约有八万英镑。”

爱德华爵士略显诧异地睁大眼睛。

“这笔数目可不小。我想，你以前就知道你姨祖母的财产总额？”

玛格德琳·沃恩摇摇头。

“不——我们听说以后也非常惊讶。莉莉姨祖母对钱财极其谨慎。她只有一个仆人，而且常常说要节俭。”

爱德华爵士若有所思地点点头。玛格德琳斜靠在椅子上，稍稍向前探了探身。

“您会帮助我的，对吗？”

此时，爱德华爵士正对这个故事本身充满兴趣，她的话给了他当头一棒。

“亲爱的年轻女士，我能够做什么呢？如果你需要一些适当的法律建议，我可以给你一个名字——”

她打断了他。

“哦！我不需要那些东西！我需要的是您个人的帮助——作为一名朋友。”

“你这么说我很高兴，但是——”

“我需要您来我们家。我想让您来问问题。我想让您自己做出判断。”

“但是亲爱的年轻——”

“请记住，您答应过我。无论何地，无论何时，您说过的，如果我需要帮助……”

她望向他，目光恳切，充满信心。他感到羞愧，而且被莫名地打动了。她那么真诚，十年了，还坚信随口的允诺，把它当成神圣的、有约束力的东西。有几个男人没有说过这种话——这几乎就是口头禅！——而他们中却鲜有人被要求履行承诺。

他软弱地说：“我相信很多人给出的建议会比我更好。”

“我有很多朋友——不用说。”（他被她天真的自信逗笑了。）“但是您看，他们都不聪明。不像您。您已经习惯于盘问别人。而且您经验丰富，肯定知道。”

“知道什么？”

“他们是无罪还是有罪。”

他自嘲地笑笑。他对自己感到满意的是，总的来说，他过去通常确信这一点！尽管在许多场合，他个人的意见同陪审团并不一致。

玛格德琳神经质地将额上的帽子往后推了推。她环视房间，说道：“这里真安静。难道您有时候不想多些声音吗？”

死胡同！她无意中随口说的这些话，触到了他的痛处。一条死路。是的，不过总有出口——你来时的路——你重返世界的路——冲动与青春唤醒了他。她单纯的信任引发了他天性中善良的一面，她所处的困境也引发了其他的东西——内心天生的犯罪学家。他想要见见她口中提到的那些人。他想要做出自己的判断。

他说：“如果你确信我能帮上忙……记住，我不能保证什么。”

他盼望她喜出望外，但是她表现得很平静。

“我知道您会同意的。我一直把您当作一位真正的朋友。您现在就随我回去吗？”

“不。我认为明天去可能会更令人满意。你能把克拉布特里小姐律师的姓名和地址给我吗？我想问他几个问题。”

她写了下来，然后递给他。接着她起身，颇为羞涩地说：

“我……我真的太感激您了。再见。”

“你自己的地址呢？”

“我真蠢。切尔西区巴拉丁大路十八号。”

2

爱德华·帕利泽爵士到达巴拉丁大路十八号时，已经是第二天下午三点了，他一路不疾不徐地走来。在这之前，他已经查明了几件事。早上，他去了趟苏格兰场，助理警察总监是他的老朋友，他还拜访了克拉布特里小姐的律师。他对情况有了更清楚的认识。克拉布特里小姐对钱的安排有些特别。她从来不使用支票簿。相反，她习惯于写信给律师，要他准备一定数额的五英镑钞票。数额几乎总是一样。一年四次，每次三百镑。她总是坐着四轮马车亲自来取钱，她认为马车是唯一安全的交通工具。其他时候，她从不离开家门。

在苏格兰场，爱德华爵士获知，财产问题已经得到了详细的调查。马上又快到克拉布特里小姐取钱的时候了。估计先前的三百镑已经花光——或者基本上花光了。但是现在很难查实这一点。通过核查家庭支出，警方明显发现，克拉布特里小姐每季度的花销远低于三百镑。另一方面，她习惯于用五英镑钞票接济贫困的朋友和亲戚们。她去世时，家中到底还有没有钱都是个问题。屋里一个便士也没找到。

当爱德华爵士走近巴拉丁大路时，脑中萦绕的就是这个问题 。

房子（不带地下室）的大门开了，一个老妇人从门背后警惕地盯着他。他被领进走廊左侧的一间宽敞的双人间里，玛格德琳很快过来见他。他发现她脸上流露出较此前更加紧张不安的神情。

“你让我来问问题，我就来了。”爱德华爵士微笑着握住她的手，“首先我想知道谁是最后一个见到你姨祖母的人，当时的确切时间是几点？”

“是茶点过后——五点钟。玛莎最后一个见过她。那天下午她去付账，顺带把莉莉姨祖母的零钱和账本带了回来。”

“你信任玛莎吗？”

“哦，非常信任。她跟着莉莉姨祖母有——哦！三十年了，我猜。她为人诚实坦荡。”

爱德华爵士点点头。

“另一个问题。你的表亲，克拉布特里夫人，为什么要服用止痛药粉？”

“啊，因为她头痛。”

“这个当然，但是有没有什么特别的原因引起她头痛？”

“好吧，是的，从某种意义上说。那天午饭时有一顿争吵。埃米莉非常容易激动，神经紧张。她和莉莉姨祖母有时候会吵架。”

“她们午饭时吵了一场吗？”

“是的。莉莉姨祖母很容易对小事发火。无事生非……后来她们越吵越厉害……埃米莉说了一通她根本不会当真的话……什么她要离开这所房子再也不回来了，什么她气得吃不下饭……哦！各种傻话。然后莉莉姨祖母让她和她丈夫赶紧打包滚蛋，越早越好。但是这些都当不得真，真的。”

“因为克拉布特里先生和夫人根本没钱独立门户吗？”

“哦，不仅仅因为这个。威廉喜爱莉莉姨祖母。他真的很喜欢。”

“不会碰巧这是个吵架的日子吧？”

玛格德琳脸红了。

“您指的是我？吵架是因为我想要做一名时装模特？”

“您的姨祖母不同意吧？”

“是的。”

“为什么你想要做一名时装模特，玛格德琳小姐？这种生活对你来说很有吸引力吗？”

“不，但是做什么都比继续在这儿干待着强。”

“嗯，话说回来，你不是将要获得一笔丰厚的遗产吗？”

“哦！是的，现在已经大不一样了。”

她极其淳朴地承认了这一点。

他笑了笑，没有继续这个话题。相反，他问道：“那你弟弟呢？他也吵架了吗？”

“马修？哦，没有。”

“那就没人能说他有动机，希望除掉碍事的姨祖母。”

他迅速捕捉到她脸上一瞬间掠过的不安。

“我忘了，”他随口说道，“他欠了很多钱，不是吗？”

“是的，可怜的马修。”

“不过，现在一切都解决了。”

“是的——”她叹了口气，“现在可以松口气了。”

她依旧什么都没发觉。他匆忙转换了话题。

“你的表亲和弟弟都在家吗？”

“是的，我告诉他们说您要过来。他们都非常渴望得到帮助。哦，爱德华爵士——不知道什么原因，我觉得您会发现一切都很正常。我们中没有人和这起案子有牵连，归根结底，凶手一定是家庭成员以外的人。”

“我可不会导演奇迹。我也许能找出真相，但没法让真相成为你希望的样子。”

“不能吗？我觉得您能做到任何事情——任何事情。”

她离开了房间。他心绪烦乱地想：“她刚才是什么意思？她是想让我辩护吗？替谁呢？”

一个五十岁左右的男人走进来，打断了他的思路。他天生一副健壮的身板，但微微有些驼背。他衣衫不整，头发凌乱，看上去脾气和善，神情却有些茫然。

“爱德华·帕利泽爵士？哦，您好。玛格德琳让我过来。您愿意提供帮助，真是太好了。尽管我认为您最终发现不了什么。我是说，他们抓不住那个家伙。”

“那么你认为是盗贼了——从外面来的什么人？”

“嗯，一定是这样。不可能是家里人。那些家伙如今都精明着呢，他们就像只猫一样进出自如。”

“克拉布特里先生，这场悲剧发生时，你人在什么地方？”

“我正摆弄我的邮票呢——在我楼上的小起居室里。”

“你什么都没听到吗？”

“没有。我全神贯注时什么都听不到。这点很蠢，但的确如此。”

“你说的起居室在这间屋子上方吗？”

“不，在后面。”

门又开了。一个矮个儿金发女人走了进来。她的双手紧张地抽搐着，看起来烦躁不安，情绪激动。

“威廉，为什么你不等等我？我说了‘等一下’。”

“对不起，亲爱的，我忘了。爱德华·帕利泽爵士，这位是我的妻子。”

“您好，克拉布特里夫人。我希望您不介意我来这儿提几个问题。我知道你们一定都急于澄清这件事。”

“这是自然。但是我没什么可告诉您的，不是吗，威廉？我那时正在睡觉，在我床上，直到玛莎尖叫时我才惊醒。”

她的双手依旧在抽搐。

“您的房间在哪里，克拉布特里夫人？”

“在这个房间的上面。但是我什么都没听到，我怎么可能听得到？我睡着了。”

除了这些，爱德华爵士没从她那里再得到什么。她什么都不知道，她什么都没听到，她睡着了。她像受到惊吓的女人那样偏执地反复重申这一点。爱德华爵士非常清楚这有可能——可能就是——赤裸裸的真相。

他最后找了个借口脱身，说他要问玛莎几个问题。威廉·克拉布特里主动提出带他去厨房。在大厅里，爱德华爵士差点撞上一个正大步走向前门的高大黝黑的男人。

“是马修·沃恩先生吗？”

“是的，但是你瞧，我没时间。我有个约会。”

“马修！”楼梯上传来她姐姐的声音，“哦！马修，你答应过——”

“我知道，姐。可现在不行。我得去见一个人。而且不管怎样，一遍又一遍地讲那件该死的事情有什么用。我们已经受够警察了。我对这出表演烦透了。”

前门砰的一声关上了。马修·沃恩已经退场。

爱德华爵士被领进厨房。玛莎正在熨衣物。她停下手里的活计，手中还拿着熨斗。爱德华爵士关上了身后的门。

“沃恩小姐让我来帮她的忙，”他说，“我希望你不反对我问你几个问题。”

她看着爱德华爵士，然后摇了摇头。

“不是他们当中的人干的，先生。我知道您在想什么，但根本不是这样。他们是您所能见到的最好的绅士和淑女。”

“这点我并不怀疑。但是说他们为人善良并不能作为证据。”

“也许不能，先生。法律真是有趣。但是我有证据——就像您说的，先生。如果他们中有人做了这件事，我不可能不知道。”

“但是，肯定——”

“我知道我在说什么，先生。那儿，听那个——”

“那个”是来自他们头顶的嘎吱声。

“楼梯，先生。每次有人上下楼时，楼梯就会发出这种刺耳的嘎吱嘎吱声。无论你脚步多轻都没用。克拉布特里夫人当时正躺在床上，克拉布特里先生在摆弄他那些讨厌的邮票，玛格德琳小姐在楼上使用她的机器，如果他们三人中谁下楼来，我肯定会知道。但是他们根本没有。”

她说话时那种深信不疑的样子，让律师印象深刻。他想：“这是个出色的证人。她的话很有分量。”

“你也许并没有留意到。”

“不，我会的。可以说，就算没有特别留意，我也会有所察觉。就像当门关上后，如果有人出去，你会发现一样。”

爱德华爵士改变了他的立场。

“你说的是三个人，但是还有第四个人。马修·沃恩先生当时也在楼上吗？”

“不，他在楼下的一个小房间里。就在隔壁。他当时在打字。从这儿可以清楚地听到。他的机器一刻都没停过，先生，我可以发誓。是恼人的哒哒的打字声。”

爱德华爵士沉默了片刻。

“是你发现的她，对不对？”

“是的，先生。她躺在那儿，血流到了头发上。因为马修先生哒哒的打字声，没人听到什么动静。”

“你能肯定没人进过这所房子？”

“他们怎么进来呢，先生，在我不知道的情况下？这里的门铃会响，而且只有一扇门。”

他直直地盯着她的脸。

“你喜欢克拉布特里小姐吗？”

她的脸上泛起真正的、明显的红晕。

“是的，确实如此，先生。但是克拉布特里小姐——好吧，我已经老了，不介意说说这事儿。我遇到过麻烦，先生，那时候我还只是个小女孩，克拉布特里小姐帮过我的忙，把我带回她身边，直到麻烦结束。我可以为了她去死——我真的能做到。”

爱德华爵士从话语中听出了她的真诚。玛莎是真诚的。

“就你所知，没有人走近房门？”

“没有。”

“我说的是就你所知。但是如果克拉布特里小姐在等什么人，如果她自己给那人开了门……”

“哦！”玛莎似乎吃了一惊。

“有那种可能，我猜？”爱德华爵士鼓励道。

“有可能——是的——不过不大可能。我是说……”

她明显吃了一惊。她无法否认，可的确想这么做。为什么？因为她知道真相另有隐情。果真如此吗？家里的四个人——其中一个有罪？玛莎在某种程度上想要庇护有罪的那个人吗？楼梯当时是否嘎吱作响？是否有人偷偷下楼，而玛莎知道那人是谁？

她本人是诚实的——爱德华爵士确信这一点。

他看着她，依旧坚持已见。

“克拉布特里小姐有可能这么做，我想。那扇屋子的窗户正对着大街。她可能从窗户里看到她正在等的那个人，随后走到大厅，让他或者她进来。她甚至可能希望没有旁人看见。”

玛莎看起来心烦意乱。最后她勉强说：

“是的，你可能是对的，先生。我从来没有想到过这一点。她正在等一位绅士——是的，这很有可能。”

她开始察觉到这种说法的好处。

“你是最后一个见到她的人，是吗？”

“是的，先生。在我收拾完茶点之后。我把收据簿和剩下的零钱交给她。”

“她给你的是五英镑面值的钞票吗？”

“一张五英镑钞票，先生，”玛莎声音中透露出震惊，“收据簿从未超过五英镑。我一向小心谨慎。”

“她把钱放在什么地方？”

“我不是很清楚，先生。依我看，她自己随身携带——在她黑色的天鹅绒包里。但是，当然她可能会把钱放在卧室的某个抽屉里，然后锁上。我自己就很喜欢把东西锁起来，尽管容易丢钥匙。”

爱德华爵士点点头。

“你并不知道她有多少钱——我的意思是，多少五英镑钞票，是吧？”

“是的，先生，我不知道具体的数目。”

“而且她没有对你说起什么，让你以为她在等什么人？”

“没有，先生。”

“你非常肯定吗？她当时具体是怎么说的？”

“嗯，”玛莎思考着，“她说屠夫不过就是流氓和骗子，说我多买了四分之一磅的茶叶，还说克拉布特里夫人不爱吃人造黄油纯粹是胡扯，她不喜欢我给她找回的一枚六便士银币——是上面有橡树叶图案的新硬币——她说这个不好用，我费了好大工夫才说服她。而且她说——哦，鱼贩子送来的是黑线鳕鱼，不是牙鳕鱼，问我是否跟鱼贩交代清楚了，我说已经跟他说了。真的，我想就是这些，先生。”

玛莎的这番话让这位已故女士清晰地站在爱德华爵士眼前，就算是细节描述也难以做到这点。他漫不经心地问：

“真是位不大容易讨好的女主人呢，嗯？”

“是有点挑剔，但是，可怜的人儿，她不常出门，总待在屋里，于是不得不找些事儿让自己开心。她虽然挑剔，却有一副好心肠——从不会让上门来的乞丐空手离开。她也许是挑剔，但是一位真正仁慈的女士。”

“我很高兴，玛莎，她在去世后还有人悼念她。”

这位老仆人倒吸了一口气。

“您的意思是……哦，但是他们都很喜欢她，真的，在内心深处。他们偶尔会跟她发生口角，但这并不意味着什么。”

爱德华爵士抬起头。头顶上发出一阵嘎吱声。

“那是玛格德琳小姐在下楼。”

“你怎么知道？”他直接问。

这位老仆人涨红了脸。“我听得出她的脚步声。”她咕哝道。

爱德华爵士疾步离开厨房。玛莎是对的。玛格德琳刚刚走下楼梯，她充满希望地看着他。

“目前还没有多大进展，”爱德华爵士说，算是对她满脸渴望的回答，并且补充道，“你碰巧不知道你的姨祖母遇害那天都收到了哪些信件吧？”

“它们都放在一块儿。当然，警察已经都查验过了。”

她带他来到一间大双人休息室，打开一个抽屉，拿出了一个黑色天鹅绒的大手提包，上面还带着老式银钩。

“这是姨祖母的包。里面的东西和她遇害那天一模一样。我没让人动它。”

爱德华爵士谢过她，然后将包里的东西倒在桌上。他想，这提包算是脾气古怪的老妇人用的手提包范本了。

里面有些旧银币，两块姜汁饼干，三张关于乔安娜·苏斯考特盒子[①]的剪报，一首蹩脚的描写失业的诗，一本老摩尔年鉴，一大片樟脑，几副眼镜和三封信。一封来自“露西表妹”的信，字体如蜘蛛腿般细长，一张修表的账单，以及一封慈善机构的募捐信。

爱德华爵士仔细检查了每样物品，然后重新将手提包装好递给玛格德琳，长叹一口气。

“谢谢，玛格德琳小姐。我恐怕这里面没有什么重要的线索。”

他站起身，注意到从窗户可以清楚地俯瞰前门的台阶，随后他握

---

① Joanna Southcott（1750—1814），英国人，自称先知，并断言自己以后怀上的孩子就是耶稣，救世主将借助她的身体在一八一四年圣诞节那天再次降临人间。她留下了一个密封的木盒，并指示只有在国家危机且英国圣公会二十四位主教在场时才能打开，后来被证实盒中只有少数零碎物品和一张彩票。

住了玛格德琳的手。

“你要走了吗？”

“是的。”

“但是——一切都会好起来吗？”

“从事法律工作的人从不这样轻易下结论。”爱德华爵士严肃地说。然后他溜走了。

他走在街上，陷入沉思之中。难题就在他手中，他却解决不了。需要什么东西——一些小细节。指明方向即可。

一只手落在他肩上，把他吓了一跳。是马修·沃恩，他有点气喘吁吁。

“我一直在追你，爱德华爵士。我想为我半小时以前的粗鲁举动向您道歉。但恐怕我并没有这世界上最好的脾气。您能过问这件事真是太好了。您想知道什么请随便问。如果有任何地方我能效劳的话——”

突然，爱德华爵士紧张起来。他的目光集中在——不是马修——而是街对面。马修有些困惑，又说了一遍：

“如果有任何地方我能效劳的话——”

“你已经帮了我的忙，亲爱的年轻人，”爱德华爵士说，“你在这个特别的地方拦住了我，让我的注意力集中在我本来会错过的一件事上。”

他指着街对面的一家小餐厅。

“二十四只黑画眉餐厅？”马修困惑地问道。

“正是。”

“怪名字，但是我相信在那儿你能吃到可口的饭菜。”

“我可不想去冒这个险，”爱德华爵士说，“我比你早离开托儿所，朋友，但对于儿时的童谣可能记得更清楚。如果我还没记错的话，有一首儿歌是这么唱的：

唱一首六便士的歌，口袋里装满黑麦，

二十四只黑画眉鸟，被放在派里面烤。

——诸如此类。其余部分跟我们没什么关系。”

他猛地转过身来。

“您要去哪儿？”马修 · 沃恩问道。

“回你家里去，我的朋友。”

他们沉默地往回走，马修 · 沃恩狐疑地瞅着他的同伴。爱德华爵士走进屋子，大踏步走到抽屉前，翻出一个天鹅绒手提包并把它打开。他看看马修，这个年轻人不情愿地离开了房间。

爱德华爵士把银币倒在桌子上。然后他点点头。他的记忆没有出错。

他站起身，摁响了铃，与此同时，他把一样东西塞进了手掌中。

玛莎应铃而来。

“告诉我，玛莎，如果我没记错的话，你和你去世的女主人曾因为一枚新的六便士硬币发生了一次小小的争吵。”

“是的，先生。”

“哦！但稀奇的是，玛莎，在这些零钱里，确实有两枚六便士硬币，但它们都是老版的。”

她疑惑地盯着他。

“你知道这意味着什么吗？那天晚上确实有人来过这间屋子——你的女主人给了这人六便士……我想她给他银币是为了换这个……”

他迅速将手向前一伸，拿出了那首描写失业的打油诗。

只看一眼她的脸，爱德华爵士就什么都明白了。

“游戏结束了，玛莎。你看，我全明白了。你不如把所有的事都告诉我。”

她跌坐在椅子上，眼泪簌簌落下。

“是真的。是真的。铃有没有响……我不确定，于是就想最好过去看看。我走到门边时，他正把她打倒在地。一卷五英镑钞票就在她面前的桌子上。就是因为看到了这些钱，而且他看到她亲自来开门，以为她独自一人在家。我喊不出声。我整个人都僵住了，这时他转过身来——我看到了我的儿子。

“哦，他一直就是个坏孩子。我尽可能把自己所有的钱都给了他。他进过两次监狱。他一定是过来找我，然后克拉布特里小姐看到我没有去开门，就自己去开了。他吃了一惊，然后拿出那张失业传单给她看，女主人是菩萨心肠，她让他进来，给了他六便士。那卷钞票依旧像我给她零钱时一样搁在桌子上。我的儿子鬼迷心窍，绕到她身后将她砸死了。”

“然后呢？”爱德华爵士问。

“哦，先生，我能怎么办呢？他是我的骨肉。他的父亲是个坏蛋，本也随他——但他是我的儿子啊。我把他推出屋外，然后回到厨房像平时一样准备晚餐。您觉得我很恶毒吗，先生？在接受您询问时，我尽力做到不撒谎。”

爱德华爵士站了起来。

“可怜的女人。”他动情地说，“我感到非常遗憾。然而，法律自有公论，你知道。”

“他逃到国外去了，先生。我不知道他在哪里。”

“那么，他也许能逃离绞刑架，但是别指望这点。请玛格德琳小姐过来吧。”

“哦，爱德华爵士。您真是太棒了——太棒了。”玛格德琳在听过他简要的叙述后说道，“您救了我们所有人。我该怎么谢您呢？”

爱德华爵士朝她微笑着，轻轻拍拍她的手。他是个伟大的人。小玛格德琳在“西卢里克号”上时十分迷人。花季般的十七岁——如此美妙！当然，她现在已经完全失去了这些。

“下次你需要朋友的时候——”他说道。

“我会直接去找您。”

“不，不，”爱德华爵士警觉地叫道，“我可不想你这么做。去找更年轻的人吧。”

他老练地摆脱了那满怀感激的一家人，叫了一辆出租车。当跌坐在车里时，他才终于松了口气。

就算是纯洁的十七岁少女的魅力，看起来也绝非可靠。

这完全无法和一间真正的汗牛充栋的犯罪学藏书室相媲美。

出租车拐进了安娜女王巷。

他的死胡同。

爱德华·罗宾逊的男子气概

“比尔摆动强有力的臂膀，将她抱了起来，紧紧搂在自己怀里。她深深地叹了口气，轻启双唇，给了他一个做梦都想不到的亲吻——”

爱德华·罗宾逊先生叹了口气，放下《当爱情至高无上》，目光凝视着地铁窗外。现在他们正穿过斯坦福小河。爱德华·罗宾逊还在想着比尔。比尔绝对属于那种女性小说家笔下所钟爱的具有完美男子气概的男人。爱德华羡慕他的肌肉，他结实英俊的外貌和炽热的激情。他重新拿起书，阅读有关比安卡侯爵夫人（那位亲吻的女人）的描写。她的美丽令人倾倒，让人陶醉，强壮的男人一个接一个拜倒在她的石榴裙下，爱得卑微而无助。

“当然了，”爱德华自言自语道，“这些全都是胡说八道，一派胡言。但我还是想知道——”

他的眼神中流露出惆怅。浪漫和冒险真的存在于世界的某个角落吗？真的有女人美得令人心醉吗？真的存在像火焰一样吞噬人的爱情吗？

“这才是真正的生活，这里。”爱德华说，“我还是得像其他家伙们那样继续生活。”

可他又想，总的来说，自己算是一个幸运的年轻人。他有理想的栖身之所，在一家生意兴隆的公司做文员。他身体健康，没人要靠他养活，而且他已经和莫德订了婚。

但是一想到莫德，他的脸上就现出一丝阴影。尽管从未承认过，但他确实害怕莫德。他爱她。是的，他依旧记得，他在欣赏她从四镑十一便士的廉价衬衫中露出的洁白后颈时的那份心神荡漾，那是两人的初次邂逅。当时他在电影院里坐在她的身后，同行的朋友认识她，便做了介绍。莫德非常优秀，这点毋庸置疑。她外貌出众，头脑聪明，有淑女风范，而且洞悉世事。人人都说，这样的女孩子会成为出色的妻子。

爱德华想知道比安卡侯爵夫人是否能成为一个出色的妻子。不知为什么，他对此表示怀疑。他想象不出，红唇诱人、风姿绰约的比安卡，会为健壮的比尔温顺地缝扣子。不，比安卡属于罗曼蒂克，而眼前才是真正的生活。他和莫德会幸福地在一起。她的知识如此丰富……

尽管如此，他还是希望她不要那么——嗯，尖刻。不要动不动就“斥责他”。

当然，这么做都是她的精明和常识使然，莫德非常明白事理。通常，爱德华都很理智，只是偶尔——举例来说，他曾经希望能在圣诞节结婚。而莫德指出，如果能再等上一段时间要更明智些，也许一两年吧。他的薪水并不多。他想要送给她一枚昂贵的戒指，她简直吓呆了，逼着他把戒指退了回去，换了一枚便宜的。她全身上下都是优点，但有时候爱德华希望她能多一些缺点，少一些美德。就是她的这些美德驱使他做出一些孤注一掷的事情来。

例如——

一丝内疚的红晕在他的脸上蔓延开来。他得告诉她，而且要尽快告诉她。他内心的负疚感已经让他行为乖戾。明天是三连休——平安夜、圣诞节和节礼日——的第一天。她曾经建议他过来和她的家人共度节日，而他却用一种愚笨的方式，一种不可能不引起她怀疑的方式从中脱身。他编造了一个冗长的谎言，说自己已经答应一位乡间的朋友共度这一天。

他在乡间并没有朋友。他只有内心的负疚感。

三个月前，爱德华·罗宾逊和其他很多年轻人一起，参加了一家周报举办的竞赛。要求是将十二个女孩的名字按照受欢迎程度排列出来。爱德华想到了一个绝妙的主意。他自己的偏好总是出错——他在几次类似的竞赛中已经注意到了这点。他按照自己的想法写下了这十二个女孩的优先顺序，然后再从单子的头和尾依次轮流取一个名字，把名字倒着重新写下来。

当宣布结果时，爱德华答对了十二人中的八人，获得了一等奖金五百英镑。这个结果，虽然很容易被人归为运气，但是爱德华坚持将它看作是自身“系统”的直接结果。他对自己感到十分骄傲。

接下来的事情就是，这五百英镑要怎么处理。他很清楚莫德会说什么——用这些钱投资；或者作为本金攒下来。而且，当然了，莫德说得很对，他自己也清楚这点。但是从竞赛中赢钱给人的感觉完全不同，和世上其他事都不同。

要是这笔钱是留给他的遗产，爱德华可能会严格地用它来投资转换贷款，或者自然而然地购买储蓄券。但是这些钱是他用笔头赚来的，有幸运和难以置信的成分在里面，能够跟小孩的六便士一样被归到一类——“钱是你自己的，想怎么花就怎么花”。

在爱德华每天上班的路上，他都会经过一家精品店，这里有一件他梦寐以求的商品，那是一辆小型双座汽车，这车带一个闪闪发亮的长车头，车价被清楚地标示在上面——四百六十五英镑。

“如果我有钱了，”爱德华曾经这么说过，一次又一次，“如果我有钱了，我一定把你买下来。”

现在他尽管还称不上有钱，但起码拥有了一笔足够的钱能实现自己的梦想。那辆车，那辆闪闪发光的、诱人的好车，如果自己肯付钱的话，就属于他了。

他本来想要把奖金的事情告诉莫德。一旦告诉了，他就可以保证自己能抵挡诱惑。面对莫德的厌恶与反对，他将无法鼓起勇气坚持自己的那点迷恋。但是，巧得很，正是莫德自己解决了这个问题。他曾经带她去电影院——坐在影院里面最好的座位上。但她亲切而坚定地指出，他犯了愚蠢的错误，白白浪费钱，花了三英镑六便士，而不是两英镑四便士，因为人坐在后排也一样能看得清楚。

爱德华不高兴却又安静地听着她的批评。莫德满意地觉得自己已经让他牢记这一点。爱德华可不能这样继续奢侈下去。她爱爱德华，但是她了解他的弱点——她的任务就是在身边影响他，让他走该走的路。她看着他蠕虫般的样子，感到心满意足。

爱德华确实如蠕虫一样缩着身子，又像蠕虫一样，转过身来。他被她的话搞得很崩溃，但也就是在那个时刻，他下定决心要买这辆车。

“见鬼去吧，”爱德华自言自语，“我这辈子也就这一次，我要做点我喜欢的事。莫德可以见鬼去了！”

第二天一早，爱德华走进了那幢玻璃宫殿，里面是威严堂皇的居住者，珐琅与金属闪闪发光，他带着令自己都吃惊的满不在乎买下了那辆车。买车，简直是这个世界上最容易的事情了！

现在已经过了四天。他四处游荡，外表平静，内心狂喜，没有对莫德吐露过一个字。四天来，每到午餐时间，他就会去受训，以便掌控这个可爱的工具。他是个富有天资的学生。

明天，平安夜，他本来要带她去乡下。他向她撒了谎，要是有必要的话，还要继续撒谎。他的肉体和灵魂都已经成了这件新财产的奴隶。对他来说，这就是浪漫，是冒险，是所有他渴望却又从没得到过的东西。明天，他要和他的爱人一同出发。他们会穿越寒冷空气，将伦敦的悸动与焦虑远远抛下——去往那宽阔、清净的地方……

在这个时刻，爱德华，尽管他并不知道，已经很像一个诗人了。

明天——

他低头看着手上的那本书，《当爱情至高无上》。他笑着，将书塞进了口袋里。那辆车，比安卡侯爵夫人的红唇，比尔不可思议的力量，这些似乎都混杂到了一起。明天——

天气，对于那些指望她的人来说，就像是一匹让人遗憾的劣马，但是对爱德华来说却很是不错。她给了他梦想中的那种天气——闪着光芒的霜冻日，淡蓝色的天空，淡黄色的太阳。

所以，在狂热的冒险和天不怕地不怕情绪的支配下，爱德华开车出了伦敦。他在海德公园角遇到了麻烦，在普特尼大桥碰到了一起悲伤的意外事故，车的变速器出了问题，而且刹车频繁发出刺耳的声音，其他司机的各种恶言不停地向爱德华倾泻而来。但是作为一个新手司机，他做得还不是那么差劲，而且此时此刻，他正行驶在一条司机们喜爱的非常宽阔的公路上。今天这条特殊的路上没有拥堵，爱德华一直开着车，沉浸在掌控这闪闪发光的奇妙造物的情绪中，兴高采烈地在寒冷的白色世界里加速行驶。

这是极其令人兴奋的一天。他停下来在一家老式的小饭馆吃午餐，然后又在这里喝下午茶。接着才勉强调头返家——返回伦敦去，返回莫德那里去，返回不可避免的解释和争吵中去……

他叹了口气，甩掉了这些想法。明天就让它这么着吧。他现在可还有今天呢。还有什么能比这更让人着迷的？车灯探寻着前方的道路，车子一路穿过黑暗。哎呀，这真是最好不过了！

他估计自己没有时间停下来在哪里吃顿晚餐。在夜色中驾驶是挺棘手的事，花了比想象中更长的时间他才返回伦敦。八点整，他经过欣德黑德，来到“魔鬼酒碗”的边上。月色撩人，两天前下的雪还没有融化。

他停下车，站在那里干瞪眼。他就算是午夜返回伦敦又能怎么样呢？他就算再也不回去了又能怎么样呢？他并不想勉强自己马上离开。

他下了车，走到路边。身边有一条蜿蜒诱人的小路。爱德华难以抵挡这种魅力。接下来的半个小时里，他极度兴奋地徜徉在这样一个冰雪环抱的世界中。他从来没有想象会有这样的景致。而且这都是他的，他自己的，是忠诚地等在路边的爱人赋予他的。

他重新爬起来，上车驶离，然而还是感到有点眩晕，因为刚刚发现的那片美景，就算是最乏味的人都会偶尔遇到。

他叹口气，回过神来，把手伸进手套箱里，今天早些时候，他把一条备用围巾塞了进去。

但是围巾不见了。手套箱空空如也。不，不完全是空的，里面有什么东西摸起来粗糙坚硬，就像卵石。

爱德华把手探到箱底。之后，他就像是丧失理智的人一样直勾勾地瞪大眼睛。他手里拿着的，从他指间垂下来的，是一条钻石项链，月光在它上面撞出了上百个火花。

爱德华瞪眼看了又看。千真万确。一条钻石项链，可能价值上千英镑（因为都是大颗粒的钻石），一直在他的手套箱里恬然而憩。

是谁把它放在那儿的？他离开城里的时候，这东西还不在呢。肯定是在他雪中散步的时候有人来过，故意把它塞了进去。但这是为什么呢？为什么选择了他的车？项链的主人搞错了？还是——这可能是一条被偷来的项链？

当这些想法在他的大脑中飞速旋转时，爱德华突然间愣住了，全身冰凉。这不是他的车。

确实这辆很像他的车。同样耀眼的深红色——就像比安卡侯爵夫人的嘴唇那般——同样有闪闪发亮的长车头，但是借助于千百个微小的痕迹，爱德华意识到这不是他的车。尽管它也是辆闪光的新车，可是到处都有星星点点的疤痕，而且还有轻微的但绝不会认错的磨损的迹象。如果是那样的话……

爱德华没有再耽搁下去，毫不犹豫地调转车身。掉头不是他的强项，在倒车的时候，他总会头脑发昏，打错方向盘。同样，他会常常被缠在油门和脚闸之间，造成灾难性后果。最终，他还是成功了，车呜呜地径直向山上开去。

爱德华记得那里停着另一辆车，就在不远的地方，那时他并没有特别留意。他散完步往回走的时候，选择的不是他先前去山谷的路。他当时认为正对着路口的就是他的车。实际上，他的车应该是另一辆才对。

十分钟之后，爱德华又回到了他当初停车的地方。但是路边没有车。无论这辆车的车主是谁，现在肯定是他开走了爱德华的车子……他可能也同样被车的相似外表给误导了。

爱德华从口袋里拿出钻石项链，茫然地让它从指间滑过。

接下来该做什么呢？跑去最近的警局吗？解释一下情况，上交项链，报上自己车子的车牌号码。

等等，他的车牌号是多少来着？爱德华思来想去，却无论如何都想不起来。他觉得身体发凉，心中沉重。他肯定会成为警局中最大的傻瓜。车牌号码里有一个8，这就是他所能够记得的全部。当然，这并不代表什么——至少……他不安地看着钻石项链。设想一下，要是他们认为……哦，他们不会的……可要是他们会……他们觉得是他偷了车和钻石怎么办？毕竟，只要想想这件事，任何一个有理智的人会粗心地将一条价值连城的钻石项链放进敞开的手套箱中吗？

爱德华跳下车，来到车后部。这辆车的车牌号是XR10061。除了肯定这不是他车子的车牌号码这一事实外，什么意义都没有。他开始系统地搜查起车兜来。在他找到钻石项链的那个地方，他发现了一点线索——一张小纸片，上面用铅笔写了些字。在车灯的灯光下，爱德华可以很轻松地读出文字：

“来见我，格里恩，索尔特路拐角，十点钟。”

他记得格里恩这个名字。白天时，他曾经在一个路标上见过。他立刻就做了决定。他要去那个村子，格里恩，找到索尔特路，见一见写这张字条的人，向他解释整个情况。那会比像个傻瓜一样待在当地警局里要好得多。

他几乎兴高采烈地开车离去。毕竟，这是一场冒险。这可不是那种每天都会发生的寻常事。钻石项链更为之增添了激动而神秘的色彩。

他为找格里恩费了点功夫，而寻找索尔特路更是费劲，但是在敲门唤醒了两户人家后，他还是成功找到了。

他小心谨慎地沿着窄路前进，离约定的时间已经过去了几分钟，他目光敏锐地注意着左手边，别人告诉他索尔特路就是在这里岔道。

他在拐过一个弯道后，突然出现在那条街上，他熄了火，一个身影从黑暗中走上前来。

“总算是来了！”一个女孩的声音喊道，“你到底走了多久，杰拉德！”

女孩说着话，走进了车灯的光线中，爱德华屏住呼吸，她是他见过的最美丽的生灵。

她相当年轻，头发如夜色一般漆黑，嘴唇鲜红。她穿着厚厚的斗篷，斗篷敞开着，爱德华能看到她穿着晚礼服——一套火红色的紧身衣裙，完美地勾勒出她的身材。她的脖子上还戴着一串精致的珍珠。

那个女孩突然吓了一跳。

“天啊，”她叫道，“你不是杰拉德。”

“不是。”爱德华说得很匆忙，“我必须得向你解释一下。”他从口袋中掏出钻石项链递给她，“我的名字是爱德华——”

他没能继续说下去，因为那个女孩拍着手打断了他的话：

“爱德华，当然了！我非常高兴。但是那个蠢货吉米打电话告诉我说会让杰拉德开车来送。你能过来真是太冒险了。我非常渴望见到你。我记得从六岁之后我就没有见过你了。我看到你已经拿到了项链。把它放回你的口袋，村里的警察可能会过来看见的。嘶，我在这里等人都快等冻僵了！让我上车去。”

爱德华仿佛身在梦中，他打开了车门，她轻轻地跳上来坐在他身边。她的皮毛斗篷扫过他的脖子，散发着难以捉摸的气息，如雨后的紫罗兰般扑鼻而来。

他毫无计划，甚至毫无明确的思路。他很快屈从于冒险的意志。她管自己叫爱德华——就算他不是爱德华又能怎样呢？她很快就会发现他的真实身份，同时，让这出戏继续演下去吧。他踩下离合，驾车离开。

很快，女孩笑了起来。她的笑容就像她的人一样美好。

“显然，你不怎么了解汽车。我猜你在外边没有车吧？”

“我想知道‘外边’是哪里？”爱德华想着，大声说道，“不太了解。”

“最好还是让我来开车吧。”女孩说，“直到我们重新开上主路，在这些小巷里找路可不容易。”

他欣然让出了驾驶位。没一会儿，他们就无所顾忌地嗡嗡穿行于夜色之中，这让爱德华暗自吃惊。她向他转过头来。

“我喜欢快节奏。你呢？你知道——你一点都不像杰拉德。没人会认为你们是兄弟。你跟我想象的也完全不一样。”

“我猜，”爱德华说，“我实在是太普通了。是吗？”

“不是普通，是不同。我理解不了你。可怜的老吉米怎么样了？我想，非常不满？”

“哦，吉米挺好的。”爱德华说。

“说得简单——但是他可真不走运，扭伤了脚踝。他告诉你这事儿了吗？”

“完全没说。我可是什么都不知道。我希望你能告诉我。”

“哦，这件事就像一场梦。吉米从前门进来，穿上女装扮成了女人。我给了他一两分钟时间，然后就爬上了窗户。阿格尼斯·拉蕾拉的女仆正在为她整理衣服首饰和其他东西。然后楼下有人大喊一声，爆炸声响起，所有人都在喊着火了。女仆冲出屋子，我就跳了进去，拿走了项链，快速地出门下楼，走后门穿过‘恶魔酒馆’离开。我把项链和去哪里接我的提示都塞进了手套箱里。然后我就回宾馆去见露易丝，当然，我已经脱掉了我的棉鞋。这是我绝妙的不在场证明。她完全不知道我曾经出去过。”

“吉米呢？”

“嗯，你应该比我更清楚。”

“他什么都没和我说。”爱德华从容地说。

“嗯，他被自己的裙子绊住了脚，扭伤了脚踝。他们不得不抬他上车，让拉蕾拉家的司机开车载他回家。想想吧，要是司机凑巧把手伸进手套箱会怎样！”

爱德华和她一起笑起来，但是他的思绪一片忙乱。他多少已经了解了一些情况。拉蕾拉的名字对他来说有些熟悉——这个名字意味着富裕。这个女孩，还有那个不知道是谁的吉米，密谋着要偷窃项链，而且成功得手。因为吉米扭伤了脚踝，拉蕾拉家的司机也在场，所以在他打电话找这个女孩之前没能去查看脚踝——也可能根本没想去看。但非常确定的是，另一个不知名的“杰拉德”一有机会就会这么做。而在那里，他会发现爱德华的围巾！

“进展得不错。”女孩说。

一辆电车如闪电般飞驰而过，他们已经到了伦敦市郊。他们在车流中进进出出，爱德华极度紧张。这个女孩是个出色的司机，但是她太冒险了！

十五分钟后，他们在一栋宏伟的房子前停下车，这栋房子位于一个寒冷的广场中央。

“我们可以在这里换一下衣服，”女孩说，“赶在咱们进里特逊之前。”

“里特逊？”爱德华询问道。他几乎是满怀敬意地提到了这家著名夜总会的名字。

“是啊，杰拉德没告诉你吗？”

“他没说。”爱德华严肃地说，“我的衣服呢？”

她皱起眉头。

“他们什么都没跟你说？我们会把你装扮起来。这事我们一定得做到底。”

一位神情庄重的管家打开门，站在一旁请他们进来。

“杰拉德·钱普尼斯先生打电话过来，夫人。他十分急于要和您说话，但是没留下什么口信。”

“我敢打赌他十分急于和她联系。”爱德华自言自语，“至少，我知道我现在的全名了，爱德华·钱普尼斯。但她是谁呢？他们称呼她为夫人。为什么她要偷一串项链？打桥牌欠账了？”

在他偶尔阅读的报纸文艺专栏里，美丽的、有头衔的女主人公总是被桥牌债务逼得走投无路。

爱德华被庄重的管家领着，带到了一位举止优雅的随从旁。十五分钟后，他再次在大厅里见到了女主人，她穿着精致的萨维尔街[①]制作的晚礼服，非常合身。

老天爷！多美好的夜晚！

他们开车前往这个著名的里特逊夜总会。和其他人一样，爱德华曾经读到过一些关于里特逊的丑闻报道。任何有头有脸的人物，迟早都会出现在这里。爱德华只是担心有认识真正的爱德华·钱普尼斯的人出现。他安慰自己说，真正的爱德华显然已经离开英格兰好几年了。

①萨维尔街（Savile Row）位于伦敦Mayfair，以定制服装而闻名，“定制”一词就起源于萨维尔街。短短的一条街被誉为“量身定制的黄金地段”。

他们坐在靠墙的一张小桌子旁，小口喝着鸡尾酒。鸡尾酒！对单纯的爱德华来说，这就代表了放荡生活的精髓。这个女孩，裹着一条精美的刺绣围巾，冷漠地小口喝着酒。突然，她从肩膀上解下围巾站了起来。

“我们跳舞吧。”

现在，只有一件事是爱德华可以全力去做的，那就是跳舞。他和莫德踏上豪华小舞厅的舞场时，那些水平一般的人只能站在那里，满心羡慕地看着。

“我都快忘了，”女孩突然说道，“项链呢？”

她伸出手来。爱德华已经全然心醉神迷，从口袋中掏出项链递给她。让他大为吃惊的是，她居然从容地将它戴在脖子上，然后对他迷人地一笑。

“现在，”她轻柔地说，“我们跳舞。”

他们翩翩起舞。整个里特逊没有比他们更完美的舞姿了。

一曲终了，他们返回桌边，一位潇洒的老绅士走上前来跟爱德华的舞伴搭话。

“哦！诺琳小姐！总能见到您的舞姿！是的，是的。福利厄特上尉今晚在这里吗？”

“吉米摔了一跤——扭到了脚踝。”

“真的吗？到底怎么回事？”

“具体情况现在还不清楚。”

她笑着从他身边走过。

爱德华跟在后面，大脑飞速转动。现在他明白了。诺琳·艾略特小姐，著名的诺琳小姐本人，也许是全英格兰被人谈论最多的女孩。她因为美貌、胆量而出名——她是“聪明的年轻人”团体的头领。她与皇家骑兵团的詹姆斯·福利厄特上尉最近刚刚宣布订婚。

但是项链呢？他还是没明白项链是怎么回事。他必须要冒着身份被识破的危险，但是这个危险必须冒。

当他们再次坐下时，他把这个问题说了出来。

“为什么是这样，诺琳？”他说，“告诉我原因。”

她梦幻般地微笑着，眼神遥远，依旧囚困于舞蹈的魔咒。

“我猜你很难理解。一个人会对同样的事情感到厌倦——永远都是同样的事情。寻宝的话，一阵子还行，但是很快又会习以为常。‘夜盗’活动是我的主意。五十英镑的入场费，然后抽签。这是第三次了。吉米和我抽到了阿格尼斯·拉蕾拉。你知道规则吧？‘夜盗’要在三天之内完成，战利品要在公共场所佩戴至少一个小时，否则你就会失去所下的赌注，而且还有一百英镑的罚款。非常不走运，吉米把脚踝扭伤了，但我们还是赢了赌注。”

“我明白了，”爱德华说，做了一个深呼吸，“我明白了。”

诺琳突然站起来，围上围巾。

“开车带我去什么地方吧。去码头。去让人觉得恐怖又激动的地方。等等——”她抬起手解下脖子上的钻石项链，“最好还是由你来拿着这东西。我还不想因为它被谋杀。”

他们一起走出里特逊夜总会。车就停在一条小小的偏道上，那里狭窄而黑暗。他们转过拐角向车子走去时，另一辆车停在路边，一个年轻人从车上跳下来。

“感谢上帝，诺琳，我总算是找到你了。”他叫道，“有大麻烦了。那个笨蛋吉米开走的是另一辆车。上帝知道那条钻石项链现如今在哪里。我们把这事弄得一团糟。”

诺琳盯着他。

“你什么意思？我们拿到项链了啊——至少爱德华拿到了呀。”

“爱德华？”

“是啊。”她轻轻地指一指身旁。

“这回是我有大麻烦了，”爱德华心想，“十有八九，这就是杰拉德。”

这个年轻人盯着他。

“你是什么意思？”他慢慢地说，“爱德华在苏格兰呢。”

“哦！”女孩惊叫起来。她盯着爱德华。“哦！”

她的脸色一阵红一阵白。

“所以，你，”她低声说道，“真的是盗贼？”

爱德华瞬间就明白了局势。女孩的眼中有恐惧——那是，或者可能是——钦佩？他应该解释一下吗？不能这么顺从！他要把这出戏演到底。

他郑重其事地鞠了一躬。

“我要谢谢你，诺琳小姐，”他以最经典的公路盗匪的腔调说，“因为你让我拥有了一个非常美妙的夜晚。”

他飞快地看了一眼那人跳下来的那辆车。红色的车，闪闪发光的车头。那是他的车！

“祝你们晚安。”

他飞快地跳进车里，脚踩上离合器。车子向前驶去。杰拉德呆立在原地，但那个女孩动作敏捷，当车滑过她身边时，她跃上了车的脚踏板。

车一个急转弯，转过拐角停了下来。诺琳依旧在喘气，把她的手放在爱德华的胳膊上。

“你必须把它给我……哦，你必须得给我。我要把它还给阿格尼斯·拉蕾拉。行行好……我们一起过了一个很棒的夜晚……我们跳了舞……我们……是朋友。能不能把它给我？给我？”

一个美得令人陶醉的女人。这样的一个女人……

而且，爱德华巴不得丢掉这串项链。这简直就是一次让他故作慷慨的天赐良机啊。

他从口袋中掏出项链放到她伸出的手上。

“我们是——朋友。”他说。

“哦！”她的眼神一亮，燃烧起来。

然后出人意料的是，她朝他低下头，他一下子抱住她，她的嘴唇贴住了他的……

随后她跳下车。红色的车向前一跃，疾驶而去。

浪漫！

冒险！

2

圣诞节当天中午十二点，爱德华·罗宾逊大步走进克拉珀姆区一栋房子的小小客厅中，说着“圣诞快乐”这样的习惯祝词。

莫德正在重新整理冬青树枝，冷淡地回应了他。

“和你的朋友在乡下玩得高兴吗？”她问道。

“听着，”爱德华说，“这事是个谎言。我赢了一个比赛，得了五百英镑，买了一辆车。我没有告诉你这事儿，因为我知道你会因此跟我吵起来。这是第一件事。我买了车，而且关于这事我没什么可说的。第二件事是——我不想这么耽误下去了。我的前途不错，而且我想下个月和你结婚。明白了吗？”

“哦！”莫德弱弱地说道。

这是——这可能是——爱德华以主人般的口吻在说话吗？

“你愿意嫁给我吗？”爱德华说，“愿意还是不愿意？”

她着迷地盯着他，眼中满是敬畏和钦慕，这副光景让爱德华感到陶醉。那种让他恼怒的慈母般的耐心已经烟消云散。

昨天晚上，诺琳小姐也是这样看着他。但是诺琳小姐的身影已经远远逝去，同比安卡侯爵夫人一起消失在浪漫之地。这里才是真实的世界。这才是他的女人。

“愿意还是不愿意？”他重复一遍，走近了一步。

“愿……愿意，”莫德吞吞吐吐地说，“但是，哦，爱德华，你怎么了？你今天很不一样啊。”

“是啊，”爱德华说，“在二十四个小时里，我从一条蠕虫变成了一个男人——而且，上帝作证，这很值得！”

他就像是超人比尔那样，拥她入怀。

“你爱我吗，莫德？告诉我，你爱我吗？”

“哦，爱德华！”莫德喘着气说，“我崇拜你……”

事故

“……我告诉你——这是同一个女人——毫无疑问！”

海多克船长看着朋友那张渴望而又急切的脸叹了口气。他希望伊文斯不要那么积极，不要那么喜气洋洋。在海上生涯中，老船长已经学会对与己无关的事情不管不问。他的朋友，伊文斯，前刑事调查局督查，则有着完全不一样的人生哲学。“按照情报来行动”是他早年的座右铭，而且他还把这条座右铭进行了改良，以用来获取他自己的信息。伊文斯督查曾经是一名非常聪明机警的探员，而且得到了应有的提拔。即使到现在，他已经退休，实现了定居乡间小屋的梦想，他的职业本能还是在起作用。

“我一般不会忘记一个人的容貌。”他自满地重复道，“安东尼夫人——是的，就是安东尼夫人。当你说梅洛迪恩夫人时——我立刻意识到那就是她。”

海多克船长不安地挪动了一下身子。梅洛迪恩家是除了伊文斯之外最亲近的邻居，而且指认梅洛迪恩夫人就是从前闹得满城风雨的案子的女主人公，也让他觉得很烦恼。

他轻声说：“这是很久以前的事了。”

“九年。”伊文斯说，一如既往地准确，“九年零三个月。你还记得这件案子吗？”

“隐约记得。”

“安东尼被证实服用砒霜，”伊文斯说，“所以他们宣判她无罪。”

“好吧，难道不应该这么判决吗？”

“根本就没有什么理由。这只是根据证据做出的裁决。完全正确。”

“这不就对了嘛，”海多克说，“我不知道我们为什么要自找麻烦。”

“谁自找麻烦？”

“我觉得就是你吧。”

“我才不是呢。”

“那件案子已经结束了。”船长总结道，“如果梅洛迪恩夫人在她的人生中曾经有一段时间不幸因为谋杀被审判又宣告无罪——”

“一般来说，人们不认为被宣判无罪是不幸的。”伊文斯插话道。

“你知道我说的是什么意思。”海多克船长急躁地说，“如果一位可怜的女士曾经有过那么悲惨的经历，我们没必要再提起它，不是吗？”

伊文斯没有回答。

“来吧，伊文斯。那位夫人是无辜的——你刚才也这么说。”

“我没有说她是无辜的。我说的是她被判无罪。”

“这不是一样的事嘛。”

“并不总是一样。”

海多克船长刚才一直在他的椅子侧背上磕着烟斗，这时候停了下来，带着一种非常警觉的神情坐直了身体。

“喂——喂——喂，”他说，“事情的情况就是那样，不是吗？你觉得她不是无辜的？”

“我没有这么说。我只是——我不知道。安东尼习惯性地服用砒霜。他的妻子为他提供这种药物。有一天，因为某种错误，他服用过量了。这是他的错误还是他妻子的错误？没有人能分辨，而且陪审团对她做无罪推定是非常正确的。完全正确，我无可挑剔。尽管如此——我还是想知道。”

海多克船长把注意力再次放回自己的烟斗上。

“好吧，”他舒心地说，“反正不关我们的事。”

“我不确定……”

“但是确实——”

“听我说。这个男人，梅洛迪恩——今天晚上在他的实验室里，捣鼓他的实验……你记得——”

“是的。他提到马氏试砷法，说你对此非常了解——这是你的专长——还咯咯咯地笑。他如果当时想一想就不会那么说——”

伊文斯打断了他的话。

“你的意思是如果他知道的话，就不会那么说。他们结婚多长时间了？你告诉我是六年？我敢打赌他根本就不知道自己的妻子是声名狼藉的安东尼夫人。”

“而且他也不会从我这里知道。”海多克船长语气生硬地说。

伊文斯没理会他，继续往下说：

“你刚才打断了我。马氏试砷法结束后，梅洛迪恩在试管中加热一种物质，把金属残渣溶解在水里，然后加入硝酸银让其沉淀。这就是氯酸盐实验。一个巧妙简单的实验。但碰巧的是，我曾经在桌上一本翻开的书中看到过这样的论述：

> H_2SO_4分解氯酸盐时会释放出CL_4O_2。如果加热的话，会发生剧烈爆炸；因此混合物应该保持凉爽并且只使用很少的剂量。

海多克盯着他的朋友。

“嗯，这又怎样？”

“就是这样。我们这行也做实验——关于谋杀的实验。加入事实——衡量它们，当你考虑到偏见和普遍的不精准之后，仔细分析剩下的东西。但是还有另外一种关于谋杀的实验——非常精确但相当危险！一个杀人犯很难满足于只犯下一桩罪行。给他点时间，再少点怀疑，他会继续作案。你抓了一个人——他是否谋杀了他的妻子呢？——也许在这个案子里，他并不像有罪。但回顾他的过去——如果你发现他曾经有过好几任妻子，而且她们都死了，又死得，用我们的话说……非常蹊跷？——那么你就明白了！我并不是从法律意义上来讲，你知道。我说的是一种道义上的可能性。一旦明白，你就可以去寻找证据了。”

“然后呢？”

“我正要指出这一点。如果确实有过去可做探究那还好说，但是假设你抓住的杀人犯是初犯呢？那么这个实验将不会有任何效果。但是设想一下，这个罪犯被判无罪，重新开始他的生活，又换了另外一个名字。那么谋杀还会不会重演呢？”

“这是个可怕的想法！”

“你还是坚持认为这不关我们的事吗？”

“是的，我坚持。梅洛迪恩夫人是个完美无辜的女性，你根本没有理由怀疑她。”

这位前督查沉默了一会儿，然后缓缓开口：

“我告诉过你，我们调查过她的过去，但是一无所获。这么说也不完全准确。她有一个继父。在她十八岁的时候，她爱上了一个年轻人，她的继父施威拆散了两人。她和她继父在一处非常危险的悬崖边散步时，发生了事故——她的继父离悬崖边太近——悬崖塌了，他掉下去死了。”

“你不会觉得——”

“那是一起事故。事故！安东尼服用过量的砒霜也是事故。如果不是有人泄密说还存在另一个男人，她根本不会受到审判。顺便说一句，那个男人避开了这事儿。看起来好像就算陪审团满意，他也不会满意似的。我跟你说，海多克，那个女人出现在哪里，我恐怕哪里就会有另外一场事故！”

老船长耸耸肩膀。

“那场事故已经过去九年了。为什么现在会有另外一场你说的‘事故’？”

“我没有说是现在。我说的是某一天。如果有必要的动机的话。”

海多克船长又耸耸肩。

“好吧，我不知道你要怎么来预防这种事。”

“我也不知道。”伊文斯遗憾地说。

“我可不想理会。”海多克船长说，“插手别人的事儿没什么好果子吃。”

但是这条建议，前督查不太接受。他是个有耐心更有决心的人。从朋友家离开后，他在村子里闲逛，心里还在盘算着他的行动成功的可能性。

他转去邮局买邮票时，碰见了自己挂念的对象，乔治·梅洛迪恩。这位前化学教授是个小个子，看上去犹如在梦中。他的举止文雅和善，常常一副心不在焉的样子。他认出了对方并向他友善地问好，俯身捡起因为感到惊讶而掉在地上的信件。伊文斯比对方的动作要快，他率先捡起了信，一边道歉一边将信件递还给主人。

他在还信的时候瞥了一眼，最上面那封的地址突然再次唤醒了他的怀疑之心。那是家著名保险公司的名字。

他立刻就下定了决心。老实的乔治·梅洛迪恩几乎没有意识到接下来是怎么回事，他已经和这位前督查一起在村子里漫步了，而且他也不知道怎么，两人的对话就转到了人寿保险上面。

伊文斯毫不费力就达到了目的。梅洛迪恩自己主动说，他参保是为了他妻子的利益，并且询问伊文斯对这家公司看法如何。

“我曾经做过一些不明智的投资，”他解释道，“结果我的收入受损。如果我发生了什么事情，我妻子的情况会很糟糕。这份保险会让一切都步入正轨。”

“她不反对你这个想法吗？”伊文斯看似随意地询问，“一些女士会反对，你知道。觉得这很不吉利——诸如此类。”

“哦，玛格丽特是个很讲求实际的人。”梅洛迪恩微笑着说，“完全不迷信。实际上，我想这最初就是她的主意。她不想我这么为她担忧。”

伊文斯得到了他想要的信息。他很快就跟对方分手，嘴唇紧抿。安东尼先生就是在为他妻子投保之后几周就故去了。

习惯于依赖自己的直觉，伊文斯内心深处已经非常确信。但是如何行动又是另一码事。他不想当场捕获罪犯，而是想要阻止犯罪的发生。这与前者迥然不同，而且更有难度。

一整天他都在苦苦思索。这天下午，有一场当地乡绅举办的报春花联盟游乐会，他也动身前往。他参加了一便士游戏，猜猪的重量，躲避椰子，脸上却始终带着一种心不在焉的神情。他甚至还花了半个克朗[1] 去问扎拉，那个水晶球占卜师，他自顾自地笑了笑，回忆起自

①英国货币，一克朗等于五先令。

己在职时对这种算命占卜的种种反对举动。

他并没有过多留意她抑扬顿挫的嗡嗡声——直到最后一句话引起了他的注意。

“……你会在最近——确实非常近——卷进一件事关生死的事情中……对一个人来说生死攸关。”

“嗯——你说什么？”他唐突地发问。

“一个决定——你不得不做一个决定。你必须非常小心谨慎——非常非常小心……如果你犯了错误——哪怕是最小的错误……”

“怎么样？”

算命占卜师颤抖起来。伊文斯知道这都是胡说八道，但他还是留下了深刻印象。

“我警告你——你不能犯错。如果你犯了错，我知道结果会是——死亡……”

奇怪，该死的奇怪。死亡。想想她的这些预言吧。

“如果我犯了错误，那么就会死。是这样吗？”

“是。”

“这种情况下，”伊文斯说着站起来，递过去半个克朗，“我千万不能犯错误，对吧？”

他说得非常轻快，但走出帐篷的时候，下巴却绷得紧紧的。说得简单，可是做起来就不确定了。他不能犯错误。一条性命，一条脆弱的人命可是维系在这上面呢。

然而却没有人能够帮助他。他远远地看了看朋友海多克的身影。从他那里是不可能得到什么帮助了。“别管闲事”是海多克的座右铭，但是这一点在这事上行不通。

海多克正和一个女人说话。她告别海多克向这边走来，伊文斯督查认出了她。正是梅洛迪恩夫人。一时冲动之下，他故意挡住了她的去路。

梅洛迪恩夫人长得相当漂亮。她有着宽宽的眉毛，十分漂亮的棕色眼睛，神情温和。她看起来就像是一尊意大利的圣母像，头发从中间分开，在耳朵上面打着卷盖。她的声音低沉而冷清。

她对着伊文斯微笑，热忱而友好。

“我想着可能是你，安东尼夫人——我是说，梅洛迪恩夫人。”他流利地说道。

他故意说错，然后仿佛什么都没做过似的观察她的反应。他看到她睁大了眼睛，呼吸也急促起来。但是，她的眼神没有犹豫，她坚定而骄傲地盯着他。

“我正在找我的丈夫，”她静静地说，“你在附近见过他吗？”

“我刚才看见他往那个方向去了。”

他们并排朝那个方向走去，平静而和气地聊着天。督查觉得自己的钦佩之情在增长。这究竟是个怎样的女人啊！多么克己，多么泰然自若。一个了不起的女人——而且是个很危险的女人。他很确定——这是个极其危险的女人。

他还是觉得不自在，尽管他对自己的初步行动很是满意。他让对方知道自己已经认出了她，这会让她有所警觉，不会贸然行事。梅洛迪恩依旧是个问题，如果可以警告他……

他们找到那个小个子男人时，他正心不在焉地看着一个陶瓷娃娃，这是他从便士游戏里赢得的。妻子提议回家，他欣然同意。梅洛迪恩夫人转过身来对督查说：

“您愿意跟我们回去喝上一杯茶吗，伊文斯先生？”

她的声音中是否含有淡淡的挑战意味？他想，是的。

“谢谢您，梅洛迪恩夫人。我非常愿意。”

他们一路步行，愉快地谈着生活琐碎。阳光照耀，清风柔和地吹拂着，他们身边所有的东西都是那么令人愉悦而又普通平凡。

他们的侍女出门去了游乐会，梅洛迪恩夫人解释说，三人已经来到了迷人的古老山庄。她走进自己的房间摘掉帽子，拿着茶叶回来，在小银灯上将水壶的水烧开，从火炉边的架子上拿过来三个小碗和碟子。

“我们有一些很特别的中国茶，”她解释道，“而且我们总是以中式方式来喝茶——不是用杯子，而是碗。”

她停下来，往一只碗里看了一眼，然后悻悻地嘟囔着把它和另外一只交换了位置。

“乔治——你真糟糕。你又偷偷用这些碗了。”

“对不起，亲爱的，”教授抱歉地说，“它们大小正好。我订购的那批货还没到。”

“总有一天你会把我们都毒死。”妻子勉强笑道，“玛丽在实验室里找到这些带了回来，从来不洗，除非里面有什么引人注目的东西。哎呀，你那天用了一只装过氰化钾的碗。真的，乔治，实在是太可怕、太危险了。”

梅洛迪恩看起来有点恼怒。

“玛丽不该从实验室里拿东西。她不该碰那里的任何东西。”

“但是我们常常在喝过茶之后就把茶具留在那儿。她又怎么区分得开呢？理智点，亲爱的。”

教授走进实验室，自言自语地低声咕哝着，梅洛迪恩夫人脸上带着微笑，将滚烫的沸水倒在茶叶上，然后吹灭了小银灯上的火苗。

伊文斯有些困惑，但是脑中又闪过一丝光。出于某些原因，梅洛迪恩夫人正在施展她的手段。这就是“事故”吗？她故意说出这些话是为了预先准备好托词吗？等到那个时候，某一天，“事故”发生，他会被迫出示对她有利的证据。如果真是这样，她可真蠢，因为之前——

突然他倒吸一口凉气。她已经将茶倒入了三只茶碗中。一只放在他面前，一只放在自己面前，还有一只放在离火炉很近的小桌子上，桌旁的一把椅子是她丈夫经常坐的。她在把最后一只茶碗放到桌上的时候，一丝怪异的笑容从她嘴角浮现出来。意味深长。

他明白了！

一个了不起的女人，一个危险的女人。不等待，无准备。今天下午——就是今天下午——他将作为证人。这份魄力让他无法呼吸。

太聪明了，真是太聪明了。他无法证明任何事情。她指望他不会怀疑，仅仅因为这一切发生得太迅速了。一个女人，思维与行动都快如闪电一般。

他深深吸了口气，向前靠去。

“梅洛迪恩夫人，我老有一些怪念头。您能否好心地允许我喝一杯？”

她的目光中透出询问，但是并未怀疑。

他起身，拿起他面前的茶碗，穿过小桌子，与另一只碗对调了一下。他拿回换过来的碗放在她的面前。

“我想看您喝这杯。”

他们眼神相遇，目光坚定莫测。接着她的脸上渐渐失色。

她伸直手，拿起杯子。他屏住呼吸，期望自己从头至尾都犯了个错误。

她将茶杯放到嘴边——最后一刻，她战栗了一下，身体前倾，迅速将茶水倒入一个长着蕨类植物的盆里，然后她坐了回去，挑衅地盯着他。

他长长地松了口气，重新坐回去。

“嗯？”她说。

她的声音变了，有一丝嘲弄——是挑衅。

他冷静而镇定地回答道：

“你是个非常聪明的女人，梅洛迪恩夫人。我想你了解我。不要再干这样的事了，你明白我的意思吧？”

“我明白你的意思。”

她的声音波澜不惊，表情平淡。他点点头，很是满意。她是个聪明女人，而且她也不想被送上绞刑架。

“祝您和您的丈夫健康长寿。”他说得意味深长，举起茶杯到唇边。

然后他的脸色变了，可怕地扭曲着……他尝试站起来——要喊出声来……他的身体僵直——脸色铁青。他倒回自己的椅子上——四肢抽搐。

梅洛迪恩夫人身体前倾，看着他。一丝微笑掠过嘴唇。她对他说——非常轻柔地说：

“你犯了个错误，伊文斯先生。你以为我想杀掉乔治……你可真蠢，真蠢啊。”

她又在那里坐了一会儿，看着死去的这个人。这是第三个威胁她要分开她和她心爱男人的人。

她的微笑放大，看起来比任何时候更像圣母。然后她提高了声音喊道：

“乔治，乔治！哦，快过来！我恐怕这儿发生了最可怕的事故……可怜的伊文斯先生……”

简找工作

1

简·克利夫兰翻看着《每日导报》，叹了口气。这一声深深的叹息发自肺腑。她厌恶地看着大理石桌子，上面放着荷包蛋及吐司片，还有一小壶茶。倒不是她不饿，恰恰相反，简饥肠辘辘。那时她觉得自己可以吞下一磅半重的全熟牛排，再加上炸薯条，可能还得加上四季豆才够。然后，再品着佳酿而不是茶水，搭配着吃下去。

但是，经济窘迫的年轻姑娘可没什么选择余地。简能够点一个荷包蛋和一壶茶，已算不错。看起来她明天连这个也做不到了。除非——

她再次看向《每日导报》的广告栏。实话说，简丢了工作，情况越来越严峻。管理那栋破破烂烂的公寓的文雅女士都已经斜睨这个特别的年轻姑娘了。

“但是，”简自言自语，生气地扬起下巴，这是她的一个习惯，“但是我很聪明，长得又好，受过良好的教育。人们到底都需要些什么呢？”

从《每日导报》的信息来看，人们似乎是想找有经验的速记打字员，有小额投资资金的商店经理，从饲养家禽中分利润的女士（还是需要小额资金），还有无数厨师、女佣、客厅女仆——尤其是客厅女仆。

“我不介意做个客厅女仆，”简依旧自言自语，“但是，没人愿意找没经验的人。我敢说，我可以作为年轻的志愿者去什么地方——但是他们不会付给志愿者什么值得一提的东西。”

她又叹了口气，把报纸支在面前，然后用她全部的健康活力狼吞虎咽地吃起那个荷包蛋。

当吃完最后一口，她翻过报纸，开始边喝茶边研究个人私事广告栏。私事广告栏是她最后的希望。

要是她能有几千英镑的话，事情就简单多了。至少有七个难得的机会——所有收益都不会少于一年三千英镑。简的嘴唇微微噘起来。

“如果我有两千英镑，”她嘟囔着，“那么想让我和这么多钱分开可不简单。”

她将视线快速扫向栏目的下方，然后又以长期练成的从容向上看去。

有一位女士，出高价收购过时的衣物。“夫人们的衣物可以上门收购。”有些先生们的物品也会收购——但主要是假牙。一些有头衔的女士们会在出国前以很荒唐的价格处理掉她们的皮草。苦恼的牧师、勤奋工作的寡妇和残疾的警官，会报出五十到两千英镑不等的数目。突然，简停住目光。她放下茶杯，重新浏览起一条广告来。

“当然了，这里面肯定有什么圈套。”她咕哝道，“这种事情总是有圈套。我必须得小心一些。但还是——”

这条让简·克利夫兰产生兴趣的广告如下：

如果一位年轻女士，年龄在二十五岁到三十岁之间，深蓝色眼睛，金色头发，黑色睫毛及眉毛，鼻梁笔直，苗条身材，身高是五英尺七英寸，擅长模仿，能够说法语，那么请在下午五点到六点之间来恩德斯雷大街七号，她会听到非常有利的消息。

“挺像那么回事，否则为什么女孩子们会上当受骗，”简喃喃自语，“我确实要小心一些。但是这里面有太多具体要求了，真的，对那种事情来说。我现在想弄明白……让我详细看看这些条件。”

她继续看广告。

“二十五岁到三十岁——我二十六岁。深蓝色眼睛，是的。金色头发——黑色睫毛及眉毛——都没问题。鼻梁笔直？是，是吧——挺直的，不管怎么说，不钩也不翻。而且我身材苗条——即使以当下的眼光来看。我只有五英尺六英寸高——但是我可以穿高跟鞋。我擅长模仿——没什么出彩的，但是我可以模仿人们的声音，而且我说起法语来仿若天使，或者像一个法国女人。事实上，我非常适合。当我出现的时候，他们应该喜不自禁。简·克利夫兰，一进屋就中选。”

简毅然决然地撕下广告，把它放进手提包中。然后她用轻快的声音要来了账单。

四点五十分时，简已经在恩德斯雷街周围勘察起来。恩德斯雷街本身是一条不大的街道，夹在牛津广场附近的两条比较宽阔的街道中间。尽管有些乏善可陈，但也还算体面。

七号看上去和临近的房屋没什么不同，由几间办公室组成。但是简抬头看去，头一次领悟到，她不是唯一一个蓝眼金发、苗条年轻的姑娘。很明显，伦敦到处都是这样的女孩子，恩德斯雷大街七号的外面就围着四五十个。

“竞争，”简说，“我最好赶紧排上队。”

她在排队的时候，正好又有三个姑娘转过街角而来，后面还跟着其他人。简通过打量身边的人来打发时间。每个人她都能够找到一些不合格的地方——金色而非黑色的睫毛，更偏灰色的眼睛，并非天生而是人工染成的金发，各种形状有趣的鼻子，只有那种包容一切的仁慈才能称其为苗条的身材。简的精神振奋起来。

“我相信我的综合素质和其他人一样好。”她自言自语地嘟囔着，“真想知道到底是什么招聘。美人合唱团？我希望是这样。”

队伍缓缓地不断向前移动。不久，第二组姑娘开始从房子中大量涌出来。她们中的一些人摇着头，一些人傻笑着。

“被拒绝了，”简欢喜地说，“希望我进去前保佑这个职位不要招满。”

队伍依旧向前移动着。有人在小镜子中不安地看来看去，有人慌乱地给鼻子打粉，还有人肆意挥舞着唇膏。

“希望我能有一顶更时髦的帽子。”简伤心地想。

最后终于轮到她了。房门里，一边是一扇玻璃门，上面刻着传奇人物卡斯伯森先生的名字。应聘者们一个接一个地正是从这扇门进入房间的。简的机会来了，她深吸一口气然后推门而入。

里面是一间对外办公室，显然是职工们使用的。房间的尽头是另一扇玻璃门。简被示意进这扇门，她依照吩咐行事。她发现自己进入了一间小一点的屋子。里面有一张大桌子，桌子后面坐着一个目光锐利的中年男人，他留着浓密的外国人式样的胡子。他扫了一眼简，然后用手一指左侧的一扇门。

“请在那里等一下。”他干脆利落地说。

简照做。她走进的这个屋子里已经有人。五个女孩坐在那里，身板挺直，彼此大眼瞪小眼。很显然，简已经进入了可能的候选人行列之中，她精神振奋起来。尽管如此，她不得不承认，按照广告上的要求来看，那五个女孩和她一样，同样有资格被选中。

随着时间的流逝，更多女孩进入里间办公室，大部分人都从通往走廊的另一扇门离开了，但是时不时地就会有新成员加入到这个秘密团体中。到六点半的时候，已经有十四名女孩了。

简听见里间办公室里有低声谈话的声音，然后那个外国人模样的绅士出现在门口。简给这个人起了个外号叫“上校”，因为他的胡子很有军人的感觉。

“我会依次轮流会见各位女士，”他宣布，“按照你们到来的先后顺序，一次见一位。”

简是这个名单中的第六人。二十分钟之后，她被叫进了房间。“上校”背着手站在那里。他对简进行了一系列快速提问来检验她的法语，并且还在估量她的身高。

“小姐，你有可能，”他用法语说道，“你可能适合，我不知道，但是你有这个可能。”

“我能问问这是什么职务吗？”简直接问道。

他耸耸肩膀。

“现在还不能告诉你。如果你被选中的话——会让你知道的。”

“似乎很神秘的样子。”简反驳道，“我不可能接下一桩自己什么都不知道的工作。我能问问这是不是跟戏剧有关？”

“戏剧？不，不是的。”

“哦！”简非常吃惊地说道。

他十分敏锐地看着简。

“你很聪明，是不是？而且也很谨慎。”

“我的聪明和谨慎都足够用。”简镇定地说，“报酬怎么算？”

“报酬是两千英镑，十四天的工作时间。”

“哦！”简头晕目眩地叫了一声。

她震惊于金额的数目，没有立刻恢复常态。

上校接着说：

“我挑选了另外一名年轻姑娘。你和她都一样合适。也许还会有其他我没见过的人。接下来，我会给你指示。你知道哈利奇宾馆吗？”

简倒抽一口气。在英格兰，谁不知道哈利奇宾馆呢？这是一家位于梅菲尔高级住宅区边道上的不甚惹眼的著名宾馆。知名人士和皇室成员都理所当然地在那里进进出出。就在今天早上，简在报纸上读到奥斯特洛瓦的波林女大公的到来，她来开一个义卖市场以救助俄国难民，当然了，她就下榻在哈利奇宾馆。

“是的。”简回答了上校的问题。

“很好。到那里去。找斯特雷普提奇伯爵。递上你的名片——你有名片吗？”

简拿出了一张名片。上校从她手里接过去，在角落处画上了一个很小的字母P。他把名片又还给了她。

“这个可以保证让伯爵会见你。他会知道你是从我这里过去的。最终决定取决于他——还有另外一个人。如果他觉得你适合的话，他会向你解释，你可以接受或者是拒绝他的提议。这么说你满意吗？”

“非常满意。”简说。

“到目前为止，”她走到大街上时，低声喃喃自语，“我还摸不着门道。而且，这里面肯定有什么说道。不可能什么都不做就拿到这么多钱。这肯定是犯罪！没有其他的可能。”

她的兴致高涨起来，在某种程度上，简并不反对犯罪。报纸上最近都充斥着女盗贼的各种功绩。简曾经认真考虑过，如果其他工作都失败的话，她就去加入她们的行列。

带着一点紧张，她进入了哈利奇宾馆的高级大门。她比以往任何时候都希望自己能有一顶新帽子。

但是她还是勇敢地走向前台，拿出了自己的名片，求见斯特雷普提奇伯爵，行为举止丝毫不见犹豫。她猜想那个前台工作人员正在好奇地打量她。不过工作人员还是接过了名片，随手递给身边一个小男仆，低声说了几句，简没能听清楚。很快，男仆回来了，请简跟他走。他们乘坐电梯上楼，然后沿着走廊来到了一扇高大的双开门前，男仆敲了敲门。一会儿工夫，简就发现自己进入了一个大房间，面对着一个瘦高个儿、长着金色胡子的男人，他的一只白皙无力的手中正拿着她的名片。

“简 · 克利夫兰小姐，”他慢慢地念到，“我是斯特雷普提奇伯爵。”

他的嘴唇突然张开，两排雪白的牙齿露出来，大概是想挤出一个微笑，可是并没有产生令人愉快的效果。

“我知道你是看到我们的广告应征而来的，”伯爵继续说道，“那位好心的克莱宁上校让你来这里。”

“他确实是上校。”简心想，对自己的洞察力感到很满意，但她只是点了点头。

“请原谅，我想问你几个问题。”

他并没有等她回答，而是像克莱宁上校一样对简做了一系列快速的提问。她的回答似乎让他很满意。他偶尔会点点头。

“小姐，请你现在走到门边，再慢慢走回来。”

“可能他们是需要一个时装模特，”简服从命令，心想，“但是他们不会支付两千英镑给一个模特的。不过，我想我最好还是暂时先不要提问。”

斯特雷普提奇伯爵皱起了眉头。他用自己白皙的手指弹着桌面。突然，他站起来，打开了毗邻房间的门，对着里面的什么人说起了话。

他重新回到自己的座位上，一位矮个子的中年女士走进来，随手关上了身后的门。她身材肥胖而且相貌丑陋，但是尽管如此，她给人的感觉却是一位举足轻重的人物。

“嗯，安娜 · 米哈伊洛夫娜，”伯爵说，“你觉得她怎么样？”

这位女士把简从头打量到脚，仿佛在看蜡像馆的塑像一般。她没有装腔作势地和简打招呼。

“她也许可以。”最后她终于开口，“严格来说，想一模一样很难做到。但是她的身材和肤色都很好，比其他人要强。费奥多 · 亚历山大洛维奇，你怎么看？”

“我同意你的意见，安娜 · 米哈伊洛夫娜。”

“她会说法语吗？”

“她的法语讲得很好。”

简越来越觉得自己像具木偶一般。这两个奇怪的人看起来已想不起她是个真人。

“但她是否持重谨慎？”那位女士冲简皱起了眉头。

“这位是波波伦斯基公主，”斯特雷普提奇伯爵用法语对简说，“她问你是不是个持重谨慎的人？”

简对公主做了回答。

“在得到这个职位的信息之前，我很难给出任何承诺。”

“说得好，小姑娘。”女士评价道，“我觉得她挺聪明的，费奥多 · 亚历山大洛维奇——比其他人要聪明些。告诉我，小姑娘，你是不是也有勇气？”

“我不知道。”简困惑地说，“我特别不喜欢受伤，但是能忍受。”

“啊！我不是说这个。你不介意危险，是吧？”

“哦！”简说，“危险！这个没问题。我喜欢冒险。”

“你很穷吗？你想要挣很多钱？”

“很想试试。”简很热情地说。

斯特雷普提奇伯爵和波波伦斯基公主交换了一个眼神。然后，他们同时点头同意。

“我来解释一下这件事好吗，安娜·米哈伊洛夫娜？”伯爵说。

公主摇了摇头。

“殿下想要亲自解释。”

“没必要——而且也不明智。”

“不过，这是她的要求。你这边一问完，我就带她去。”

斯特雷普提奇耸耸肩。显然他不太高兴，但还是不打算违抗命令。他转过来面向简。

“波波伦斯基公主要带你去见波林女大公。别被吓到。”

简一点都没有被吓到。她对于能去见一位真正的活着的女大公非常高兴。简可不是社会主义者。这个时候她甚至都不在乎自己的帽子了。

波波伦斯基公主在前面领路，她走起路来摇摇晃晃，虽然处境不利，却竭力在步伐中维持某种尊严。她们穿过隔壁的房间，也就是一个前厅，然后公主敲响了更远处的一面墙，里面有人应声，公主打开门走进去，简紧跟在她身后。

“夫人，我来为您介绍一下。”公主严肃地说道，“这位是简·克利夫兰小姐。”

一位年轻女士坐在房间另一端的一个大扶手椅中，她跳起来跑了过来。她紧紧盯着简一两分钟，然后愉快地笑了。

“这真是太棒了，安娜。”她回答说，“我从来都没想到我们能做得这么成功。过来，让我们并排看看我们自己。”

她挽起了简的胳膊，拉着她走过房间，停在了挂在墙上的一人高的镜子前面。

“你看，”她惊喜地大叫，“简直就是绝配！”

在简第一眼看到波林女大公的时候，她就已经开始明白了。波林女大公是一位年轻女子，可能比简要大上一两岁。她拥有同样的金发和苗条身材。她可能比简略高一点。现在她们并排站着，相似性非常明显。仔细看来，她们的肤色也几乎完全相同。

波林女大公拍着手，看起来是一位非常欢快活泼的年轻女子。

“真是再好不过了，”她宣布道，“你必须代我向费奥多·亚历山大洛维奇表示祝贺，安娜。他确实做得很好。”

“到现在为止，夫人，”公主小声说道，“这位年轻女士还不知道对她的要求呢。”

“这倒是。”波林女大公说道，平静下来，“我忘了。好吧，我会向她讲明的。让我们单独待一会儿吧，安娜·米哈伊洛夫娜。”

“但是，夫人——”

“我说让我们单独待一会儿。”

安娜·米哈伊洛夫娜生气地跺跺脚，非常不情愿地离开了房间。女大公坐了下来，示意简也坐下。

“她们可真是让人讨厌，那些老女人。”波林这样说，“却总是要有她们在身边。安娜·米哈伊洛夫娜比大多数人要好。好了，现在，嗯，是的——简·克利夫兰小姐。我喜欢你的名字，也喜欢你。你很有同情心。人是否有同情心，我立刻就能分辨出来。”

“您真的非常聪明，夫人。”简第一次开口说话。

“我是很聪明。”波林冷静地说，“好了，我把事情都解释给你听，其实没有多少要解释的。你知道奥斯特洛瓦的历史吧，我的家族成员几乎都死了——被共产主义者杀了。我，可能是我们家族最后一个成员。我是个女人，无法继承皇位。你以为他们可能会饶过我。但并非如此，无论我去哪里，都会引来暗杀。很荒唐，是不是？那些浸泡在伏特加里的畜生们从来就不懂得分寸。”

“我明白。”简说，觉得自己该说些什么。

“大部分时间里，我都过着一种隐居的生活——对此我可以采取预防措施，但是时不时地我得出席一些公众典礼。比如，我来这里参加一些半公开的宴会。之后在巴黎也是。我在匈牙利有一处房产。那里的体育运动非常出色。”

“真的吗？”简问。

“无与伦比。我崇拜体育。同时，我本来不应该告诉你这件事，但是你看上去那么有同情心，那里正在酝酿一些计划，非常隐秘。总而言之，这件事很重要，所以我在接下来的两个星期中不能被暗杀。”

“但是我相信警察肯定——”简刚要说话。

“警察？哦，是的，他们很优秀，我相信。但是我们同样优秀——我们有自己的间谍。当有刺杀行动的时候，我有可能事先得到警告，但是，同样，也有可能得不到。”

她耸了耸肩。

“我开始明白了。”简慢慢地说，“你想要我顶替你。”

“只是在某些特定的场合。”女大公急切地说，“你必须随时在我附近，明白吗？在接下来的两个星期里，我可能需要你出现两次、三次、四次。每次都会是在一些公开的场合。自然，在私下场合，你不能代替我。”

“当然不能。”简同意道。

“你会干得很出色。费奥多·亚历山大洛维奇想到可以打个广告，真是非常聪明的做法，不是吗？”

“假设，”简说，“我要是被暗杀了的话？”

女大公耸耸肩膀。

“当然，确实是有这个风险，但是根据我们自己的秘密情报，他们只是想要绑架我，并不是立即杀了我。但是我会很诚实地告诉你——他们仍有扔炸弹的可能性。”

“我明白了。”简说。

她试着模仿波林那种轻快的举止。她急于提及钱的问题，但是不太清楚如何圆满地引入这个话题。但是波林省去了她的麻烦。

“我们会支付丰厚的报酬，当然啦，”她漫不经心地说，“我不记得费奥多·亚历山大洛维奇跟你说的具体数额。我们那时说是以法郎或者奥地利金币计算。”

“是克莱宁上校，”简说，“他跟我说是两千英镑。”

“那就是了，”波林快活地说，“现在我想起来了。我希望这些钱足够了，或者三千英镑？”

“嗯，”简说，“如果这个数目对您来说没什么不一样的话，我更想要三千。”

“你很有商业头脑，我明白了，”女大公和善地说，“我希望我也是这样的人。但是我对钱毫无概念。我想要什么就一定要得到，仅此而已。”

简觉得这种态度简单却又令人羡慕。

“当然了，就像你说的，这件事很危险。”波林若有所思地继续说道，“尽管在我看来你不是那么介意危险。我自己也并不介意。我希望你不要觉得我找你来做替身，就是个胆小鬼。你看，对奥斯特洛瓦来说，我应该结婚并且至少要生下两个儿子，这才是最重要的。此后，我发生什么事都无所谓了。”

“我明白。”简说。

“那么你接受这份工作吗？”

“是的，”简坚决地说，“我接受。”

波林用力地拍了几下手。波波伦斯基公主立刻出现了。

“我已经全部都告诉她了，安娜，”女大公宣布道，“她会按照我们的要求来做，她将得到三千英镑的报酬，告诉费奥多把这点记下来。她非常像我，不是吗？但是我觉得她比我要更漂亮些。”

公主摇摇晃晃地走出了房间，回来时跟着斯特雷普提奇伯爵。

“我们安排好了一切，费奥多·亚历山大洛维奇。”女大公说。

伯爵弯腰鞠躬。

“我想知道，她能够扮演好这个角色吗？”他怀疑地盯着简。

“我表演给您看。”简突然说。“如果夫人您允许的话。”她对女大公说。

女大公高兴地点点头。

简站了起来。

“这真是太棒了，安娜，”她说，“我从来就没想到我们会如此成功。来吧，让我们并排看看自己。”

就像波林之前做的那样，她拉着简来到了镜子前。

“你看到了吗？天生的一对！”

语言、行为和姿势，模仿得极像夫人的寒暄方式。公主点了点头，咕哝一声，表示赞许。

“是不错，刚才那个动作，”她说，“能够骗过大部分人。”

“你非常聪明，”波林赞赏地说，“我就扮演不了其他人来救我自己的命。”

简相信她说的话。她震惊于波林如此年轻，为人却很率真。

“安娜会为你安排具体事务。”女大公说，“把她带到我的卧室去吧，安娜，让她试试我的衣服。”

她点点头优雅地告了别，然后简由波波伦斯基公主带领着前往。

“这些就是殿下出席义卖时要穿的服饰，”老妇人解释道，拿了一件设计十分大胆的黑白相间的连衣裙，“时间是三天之后。可能需要你顶替她出现在那里。我们不确定。我们也还没有收到任何消息。”

在安娜的吩咐下，简迅速脱下自己破旧的衣服，试穿这件连衣裙。衣服非常合身。安娜赞许地点点头。

“几近完美——只有一点细微的差别，你比殿下要矮一英寸。”

“这很容易补救。”简飞快地说，“我注意到女大公穿的是低跟鞋，如果我穿上同款的高跟鞋，这样就能完美地弥补身高差。”

安娜·米哈伊洛夫娜向简展示了女大公通常搭配这条裙子的鞋子——蜥蜴皮，有一根交叉的带子。简在心中记下，准备去找一双鞋跟不一样的相似鞋子。

“最好能这样，” 安娜·米哈伊洛夫娜说，“你准备一条裙子，颜色和质地都和殿下的不一样。然后一旦接到通知需要你来顶替殿下时，这种替换就不容易让人注意。”

简想了一会儿。

“火红色罗马坎平绉料子的怎么样？然后我可以戴一副平光的夹鼻眼镜。这样外貌能有较大改变。”

这些建议都被接受后，她们开始讨论更多的细节部分。

简带着一百英镑的银行支票离开了宾馆，按照指示去买一身必需的全套服装，然后在布里茨宾馆定一个房间，化身为来自纽约的蒙特莎小姐。

事后第二天，斯特雷普提奇伯爵去见了她。

“改装得非常彻底。”他弯腰鞠躬，说道。

简模仿他也回了一个鞠躬礼。她很享受这身新衣服和奢华的生活。

“一切都非常棒。”她叹口气，“但是我猜你上门拜访，就意味着我必须要开始忙着挣钱了。”

“确实如此。我们收到了消息。他们似乎可能会在殿下从义卖回去的路上搞一次绑架行动。正如你所知，这场义卖的地点在奥利安大厦，距离伦敦有十英里。殿下会以个人名义参加这场义卖，举办义卖的安彻斯特伯爵夫人与殿下有私交。但是接下来是我制订的计划。”

简聚精会神地听他讲述大体情况。

她问了几个问题，最后宣称自己已经完全明白她所要扮演的角色。

第二天一大早，天很晴朗——一个十分适合伦敦社交季开展盛大活动的天气。义卖在奥利安大厦举行，由安彻斯特伯爵夫人举办，以此来救助奥斯特维安难民。

因为考虑到英国气候的不确定性，所以这场义卖在奥利安大厦宽敞的大厅中举行，此处五百年来一直都由安彻斯特伯爵家所有。人们已经借贷来各种收藏，更妙的是，有一百名上流社会的女士，每人从自己的项链上取下一颗珍珠，这些珍珠都会在第二天拍卖售出。当场还有很多助兴活动和引人入胜的事物。

简早早地就以蒙特莎小姐的身份抵达那里。她穿着一条火红色裙子，戴一顶小小的红色钟形女帽。脚上穿着一双高跟的蜥蜴皮鞋子。

波林女大公的到来是一件盛事。她被护送着走上讲台，然后再由一个小孩不失时机地献上一束玫瑰。波林做了一个简短生动的演讲，然后宣布义卖开始。斯特雷普提奇伯爵和波波伦斯基公主也跟在她身边。

她穿着简见过的那身裙子，白底上是醒目的黑色图案，头戴黑色钟形女帽，帽檐边垂挂着许多白色羽毛，一小块蕾丝面纱半遮着脸庞。简对自己笑了笑。

女大公在义卖市场上四处参观，访问了每个货摊，购买了几样东西，举止亲切和蔼。然后她准备离开。

简立刻收到了她的暗示。她请求和波波伦斯基公主说话，并且要求将自己介绍给女大公。

“哦，是的！”波林大声说，“蒙特莎小姐，我记得这个名字。我记得她是个美国记者。她为我们的事业做了不少事。我很高兴为她的报纸做个简短的采访。有什么地方可以让我们不受别人打扰吗？”

在女大公的吩咐下，一间小接待室立刻安排好了，斯特雷普提奇伯爵被派去将蒙特莎小姐带过来。他刚做完这些就立刻又退出了房间，波波伦斯基公主依旧陪伴在侧，于是两人立刻就开始换装。

三分钟后，房门打开，“女大公”出现在门口，那束玫瑰被举到脸部位置。

她优雅地向安彻斯特夫人鞠了一躬，用法语说了几句道别的话，然后走出房间，上了等候在外的汽车。波波伦斯基公主陪在她身旁，车子开走了。

“嗯，”简说，“很顺利。我想知道‘蒙特莎小姐’怎么样了。”

“没人会注意她。她可以悄悄地溜走。”

“确实如此。”简说，“我做得不错，不是吗？”

“你把角色扮演得很好。”

“为什么伯爵没有跟我们在一起？”

“他需要留下来。必须有人确保殿下的安全。”

“我不希望有人扔炸弹。”简担心地说，“嗨！我们正在偏离主干道，怎么回事？”

车子正加速往一条旁路上开。

简跳起来，把头伸出窗外，一边还责怪司机。他只是笑着，继续加速。于是简又跌回座位上。

“你们的间谍是对的。”她笑着说，“我们正是因为这事才来。我想我这边坚持得越久，女大公就越安全。不管发生什么事，我们必须给她留出足够的时间平安回到伦敦。”

对于可以预见的危险，简的精神振奋起来。她不期待炸弹，但是这类冒险似乎激发了她赌博的本能。

突然，一个急刹车，车子猛然停下来。一个男人跳上踏板，手里拿着一把左轮手枪。

“举起手来。”他咆哮道。

波波伦斯基公主迅速地举起了手，但是简只是倨傲地看了他一眼，手放在膝盖上没有动。

“问问他为什么这么怒气冲冲。”她用法语向陪同者吩咐道。

但后者还没来得及说话，这个男人就闯了进来。他开口说了一大堆外国话。

简一个字都没听懂，只是耸耸肩，闭口不言。司机从座位上下来，跟那个男人会合。

“能否请尊贵的女士下车？”他咧嘴笑道。

简又把玫瑰举到了脸的位置，接着下了车。波波伦斯基公主跟在她后面。

“请尊贵的女士走这边。”

简没有在意这个男人嘲讽、无礼的举止，而是径直走向一间低矮、破旧的房屋，车子就停在离房子一百码的地方。道路的尽头是大门和车道，这是一条死胡同，通向这间显然无人租住的房子。

那个男人依旧挥舞着手枪，紧跟在两个女人的身后。就在她们上楼的时候，他从两人身边擦身而过，猛地推开了左侧的门。这是一间空屋子，里面的一张桌子和两把椅子显然才被搬进来。

简走进屋里坐下。安娜·米哈伊洛夫娜跟在她后面。那个男人猛地关了门，转了几下钥匙。

简走到窗户边向外看去。

“当然，我可以跳出去，”她评论道，“但是我走不了多远。不，我们现如今要待在这里，尽量做些什么事。不知道他们是否会给我们拿点吃的东西。”

大约过了半个小时，她的问题有了答案。

有人送来一大碗冒着热气的汤，放在她面前的桌子上，还有两片干面包。

“显而易见，没有奢华的贵族气。”在门重新被锁上后，简兴高采烈地评论道，“你先吃，还是我先吃？”

波波伦斯基公主因为恐惧，对吃饭的建议置之不理。

“我怎么吃得下？谁知道我的女主人会遇到什么危险？”

“她会没事的，”简说，“我担忧的是我自己。你知道当那些人发现他们抓错了人，可不会高兴。事实上，他们可能会相当不高兴。我应该尽可能长时间地保持傲慢的女大公的身份，然后一有机会就逃跑。”

波波伦斯基没有回答。

简饿了，她喝光了所有的汤。汤的味道有点怪，但是热乎乎的又很可口。

后来，简觉得昏昏欲睡。波波伦斯基公主看上去像在暗自抽泣。简在那张不怎么舒服的椅子上，以最舒服的方式坐下，然后垂下头。

她睡着了。

2

简突然惊醒。她觉得自己睡了很久。她的头沉甸甸的，十分不舒服。

突然，她看到了什么东西，惊得她睡意全无。

她正穿着那件火红色的罗马坎平绉料的裙子。

她坐起来环顾四周。是的，她还是在那间空屋里。所有的东西都和她睡着的时候完全一样，除了两个地方。首先是波波伦斯基公主已经不在她的椅子上了。其次是自己已经换了服饰。

“我不可能是做梦，”简说，“因为要是我做梦的话，我不应该在这儿。”

她看了看窗外，发现了另外一个重要事实。当她入睡时，太阳的光线从窗户倾泻进来。现在，房子在阳光照射的行车道上投下一道尖利的阴影。

“房子朝西，”她沉思起来，“我睡的时候是下午。因此现在肯定是第二天早晨。那汤里面肯定下了药。哦——我不知道，这真是一团糟。”

她起身来到门边，门没有锁，她在房子里探寻了一番——安静而空旷。

简把手按在疼痛的额头上，尝试去思考。

然后她的目光捕捉到了一张躺在前门门边、被撕破的报纸。显眼的标题吸引了她的眼球。

“美国女匪在英格兰，”她读道，“红衣女子。奥利安大厦义卖发生耸人听闻的持枪抢劫。”

简蹒跚着走到阳光里。她坐在台阶上读着，眼睛越睁越大。事实简洁明了。

就在女大公波林离开后不久，有三个男人和一个穿红裙子的女人持枪成功地抢劫了人群。他们抢走了上百颗珍珠，驾驶着高速赛车逃跑了。迄今为止，还没有找到他们的踪迹。

根据最新消息（这是最新的一份晚报），上面有寥寥数语：“红裙女匪”曾自称是住在布里茨宾馆的来自纽约的蒙特莎小姐。

“我完了，”简说，“彻彻底底地完了。我就知道这里面肯定有圈套。”

然后，她被吓了一跳。一个奇怪的声音传来。这是一个男人的声音，每隔不久就说出一个单词。

“该死，”那声音说，“该死。”接着又说：“该死！”

简听到声音，身子一颤，这个声音准确地表达了她的感受。她跑下台阶，在拐角处发现一个年轻人躺在那里。这是一张她见过的最好看的脸。他的脸上有些雀斑，表情带着轻微的诧异。

“该死，我的头，”年轻人说，“该死。我——”

他停下来，盯着简。

“我肯定还在梦中。”他虚弱地说。

“我也这么说过，”简说，“但其实不是。你的头怎么了？”

“有人打了我的头。幸亏它很结实。”

他挣扎着坐起来，然后做了个鬼脸。

“我的大脑很快就可以运转了，我想。我发现我还是在原来的地方。”

“你是怎么到这里的？”简好奇地问他。

“说来话长。对了，你并不是女大公，她叫什么名字来着？”

“我不是。我只是普通人简·克利夫兰。”

“不管怎么说，你可不普通。”年轻人说，用一种钦佩的表情望着她。

简脸色一红。

“我应该去拿点水或者什么过来，是不是？”她不太确定地问。

“我想这是通常的做法，”年轻人表示赞同，“不过，如果你能找到，我宁愿喝点威士忌。”

简可找不到什么威士忌。年轻人喝了一大口水，说感觉好多了。

“是我讲我的冒险，还是你来说说你的？”他问。

“你先说。”

“我的冒险没什么大不了。我碰巧注意到女大公走进屋子的时候穿的是一双低跟鞋，出来的时候却穿了一双高跟鞋。这让我感到非常奇怪。我可不喜欢奇怪的事情。

“我骑着摩托车尾随那辆车，看到你被带进了屋子里。大约十分钟之后，一辆大赛车出现。一个穿着红色衣服的姑娘下了车，后面还有三个男人。她穿着低跟鞋。他们走进了房子里。很快，她穿着低跟鞋和黑白裙子出来，还有一个老妇人和一个高个儿金胡子男人，他们上了第一辆车。其他人则坐的赛车。我认为他们都已经离开后，正想从窗户进去救你，这时有人从后面打了我的脑袋。就是这样。现在该你了。”

简说了她的冒险经历。

“你能跟过来，真是太幸运了。”她最后说，“你明白我本来会跌入多么可怕的陷阱吧？女大公本会有完美的不在场证明。她在抢劫发生之前就离开了义卖市场，坐着她的车回到伦敦。会有人相信我这个离奇荒谬的故事吗？”

“这辈子都别想。”年轻人很是肯定。

他们沉浸在各自的叙述中，完全没有注意周围环境。他们抬头时，有点惊讶地看到一个高个子的苦脸男人靠在房子边上。他冲他们点点头。

“很有意思。”他评论道。

“你是谁？”简质问他。

苦脸男人的眼睛微微眨了眨。

“法瑞尔探长。”他温和地说道，“我对你和这位女士的故事很感兴趣。我们可能对女士的经历有些难以相信，但也只是一两件事。”

“例如？”

“好吧，你们看，我们听说今早，真正的女大公在巴黎和一个司机私奔了。”

简倒抽了一口气。

“然后我们得知美国的女匪来到了英国，预料到会有什么大事发生。我们会很快逮到他们，我可以向你们保证。稍等一下，好吗？”

他跑上台阶进入屋子。

“天啊！”简说道，表情中充满钦佩。

“我觉得你能够注意到那双鞋，真是太聪明了。”她突然说道。

“完全不是。”年轻人说，“我是在鞋行中长大的。我爸爸就是这个行业之王。他想让我也做这行——结婚然后安定下来，诸如此类。没什么特别的——只是遵守行业规则。但是我想做个艺术家。”他叹了口气。

“我很遗憾。”简好心地说。

“我已经尝试了六年，这可不是一眨眼的工夫。我是个糟糕的画家。我想放弃，浪子回头。有好差事在等着我。”

“工作可是件大事。”简惆怅地同意道，“你能不能给我找个什么地方让我尝试做鞋？”

“我可以给你个更好的机会——如果你愿意接受的话。”

“哦，是什么？”

“现在先别管。我之后就告诉你。你知道，直到昨天，我从来都没有发现一个女孩，觉得可以与之结婚。”

“昨天？”

“在义卖市场。然后我看到了她——那个命中注定的她。”

他紧紧盯着简。

“飞燕草多好看呀。”简赶快说，脸颊粉扑扑的。

“那些是羽扇豆。”年轻人说。

“无所谓。”简说。

“完全没关系。”他赞同道。然后他向她靠近了一点。

一个收获颇丰的星期天

“好啊，真的，这真是太令人高兴了。”多萝西·普拉特小姐第四次说道，“我多希望那只老猫可以看看我。她和她的简斯！”

被尖刻地叫成“老猫”的是多萝西·普拉特极受人尊敬的雇主，麦肯兹·琼斯夫人，她强烈主张客厅女仆应该取合适的教名，而且她拒用多萝西这个名字，赞成用普拉特小姐瞧不起的中间名，简，来称呼她。

普拉特小姐的同伴没有立即回答——理由很充分。当你只花了二十英镑刚刚购买了一辆四手的奥斯汀微型汽车①，而且只是第二次开着它外出时，你的全部精力都会集中在用双手和双脚来应对紧急情况这个困难的任务上。

“呃呃——啊啊！”爱德华·帕尔格鲁夫叫了出来，带着刺耳的摩擦声，车子躲过了一场危机，这足以让一个真正的车手牙齿打战。

“好吧，你总是不跟女孩子多说话。”多萝西抱怨道。

帕尔格鲁夫先生正遭到公交车司机声色俱厉的呵斥，从而将他从

①原文是 Baby Austin，即 Austin 7，生产于一九二二至一九三九年间，是英国历史上最受欢迎的车款之一。

如何回答这句话中解救出来。

“哎，真是不小心。”普拉特小姐扬起头说道。

“我只希望车上有脚刹。”她的情人痛苦地说。

“脚刹有什么问题吗？”

“你可以一直把脚踩在上面，直到上西天。”帕尔格鲁夫先生说，“不过什么事也没发生。”

“哦，好吧，泰德，你不能指望二十英镑就得到所有东西。毕竟，我们现在坐在一辆真正的车里，和其他人一样在星期日下午出城。”

更大的摩擦声响起。

“啊，”泰德喜形于色，“好多了。”

“你驾驶得很棒。”多萝西钦佩地说。

受到女性赞美的鼓励，帕尔格鲁夫先生尝试着猛冲过哈默史密斯百老汇，却被一位警察狠狠地批了一通。

当他们低调地通过哈默史密斯大桥后，多萝西说：“好吧，我从来不明白这些警察想要干什么。看到他们最近的表现，你还以为他们说话会客气一些呢。”

“不管怎样，我不想走这条路了，”爱德华闷闷不乐地说，“我想走格雷特·韦斯特街，这样能开得痛快些。”

“很可能又会掉进陷阱里。”多萝西说，“那天主人就是这样。花掉了五英镑。”

“那些警察没那么糟糕，”爱德华宽宏大量地说，“他们也会为难那些富人。谁也不偏袒。一想到那些时髦人士走进一家车行，面不改色地买上好几辆劳斯莱斯，我就要发疯。真是不公平。我和他们明明一样棒。”

“还有珠宝，”多萝西叹了口气，说，“那些邦德大街上的商店，那些我叫不上名的钻石和珍珠！我只能戴一串从伍尔沃斯买来的廉价珍珠项链。”

她伤心地思考着这件事。爱德华再次能够集中所有注意力开车。他们顺利穿过里士满而没有发生事故。和警察的争吵动摇了爱德华的勇气。他现在挑最容易的线路来走，当前方出现大道时，他总是盲目地跟在任何一辆车子后面。

就这样，他发现自己此刻正行进在一条荫凉的乡间小路上，这正是许多有经验的车手梦寐以求的。

“不走那条路真是明智。”爱德华说，把一切都归功于自己。

“真是美妙极了，我得说。”普拉特小姐说，“我说，那边有个人在卖水果。”

确实，在一个便利的拐角处，有一张柳条编成的桌子，上面放着几篮水果，横幅上写着“多吃水果”。

“多少钱？”拉手刹的时候，爱德华担心地问，不过得到了预期效果。

“快看这些可爱的草莓。”摊主说道。

这个人其貌不扬，眼睛有点斜视。

“这些正是女士喜爱的水果。新鲜，可口。樱桃也有。地道的英国货。要来一篮子樱桃尝尝吗，女士？”

“看上去真是不错。”多萝西说。

“非常新鲜。”男人嘶哑地说，“那篮子，女士，会带给你好运。”最后，他屈尊回答爱德华：“两先令，先生，特便宜。你要是了解篮子里的东西，你也肯定会这么说。”

“它们看起来实在非常不错。”多萝西说。

爱德华叹了口气，付了两先令多。他的思绪都被各种计算占满了。

一会儿就要用茶点——这个星期天开车出来可不是件便宜事。这真是带女孩出来玩最大的坏处！她们总是想要看到的每样东西。

“多谢您，先生，”这个其貌不扬的人说，“您会得到比买这篮樱桃花的钱更多的东西。”

爱德华粗鲁地向下一踩，奥斯汀宝贝如同一只被激怒的阿尔萨斯牧羊犬般扑向了卖樱桃的小贩。

“对不起，”爱德华说，“我忘了车还挂着挡呢。”

“你应该小心一些，亲爱的，”多萝西说，“你可能会伤害到他。”

爱德华没有回答。又开了半英里后，他们来到河岸边一处理想的地点。奥斯汀被停在路边，爱德华和多萝西亲热地坐在河岸上津津有味地吃着樱桃。他们脚边躺着一份无人理睬的星期天日报。

“有什么新闻吗？”爱德华终于问道，平躺在地上，斜戴帽子遮住眼睛。

多萝西扫了一眼那些新闻标题。

“不幸的妻子。令人惊奇的故事。上个星期共有二十八人死于溺水。飞行员之死的报道。惊天珠宝抢劫案。价值五万英镑的红宝石项链丢失。哦，泰德！五万英镑。想想吧！”她继续读着，“这条项链由镶嵌于铂金中的二十一颗宝石组成，从巴黎挂号邮寄出来。在包裹抵达后，人们在里面只找到一些鹅卵石，珠宝却失踪了。”

“在邮局被偷走了。”爱德华说，“要我说，法国的邮局真是糟糕。”

“我想要看看那是什么样的项链，”多萝西说，“全都散发着血色的红光——鸽血红，他们这样称呼那种颜色。我真想知道把它戴在脖子上是什么感觉。”

“得了吧，你不可能知道，我的姑娘。”爱德华打趣说。

多萝西把头一甩。

“为什么不可能，我想知道。女孩子出人头地的方式真是不可思议。我可能有朝一日会去演戏。”

“规规矩矩的姑娘们是不会有这种成就的。”爱德华给她泼了盆冷水。

多萝西张嘴想要反驳，但忍住了，只是低声说，“给我樱桃。”

“我比你吃得多。”她说，“我把剩下的这些平分一下——嗯，篮子底下有什么东西？”

她一边说，一边把东西拿了出来——一条长长的、闪闪发光的红宝石项链。

他们都吃惊地盯着它。

“你刚才是说，在篮子里？”爱德华终于说道。

多萝西点点头。

“就在篮子底下——水果下面。”

他们再次面面相觑。

“你觉得，它是怎么到那儿的？”

“我想不出来。太奇怪了，泰德，就在我们读了报纸上那件事之后——关于红宝石的。”

爱德华笑了。

“你不会认为你手里正拿着五万英镑吧？”

“我只是说，这太奇怪了。镶嵌在铂金中的红宝石。铂金是那种不亮的银色东西——就像这个。难道它们不是闪闪发光，颜色可爱吗？我想知道有多少颗。”她数了数，“我说，泰德，它们有二十一颗，不多不少。”

“不是吧！”

“是。和报纸上说的一样。哦，泰德，你不觉得——”

“有可能。”但是他犹豫地说，“有一种方法能识别出来，用它们划玻璃。”

“那是钻石。但是你知道，泰德，那是个长相奇怪的男人——卖水果的那个——长着一副令人讨厌的面孔。他刚才的话很有意思，他说我们会得到比买这个篮子花的钱更多的东西。”

“是的，但是听我说，多萝西，他给我们五万英镑是为了什么？”

普拉特小姐沮丧地摇摇头。

“这似乎不合情理。”她承认，“除非有警察正在追捕他。”

“警察？”爱德华的脸略微发白。

“是的。报纸上接着还说，‘警察已经得到了一条线索’。”

爱德华的背脊上透出一片冷汗。

“我可不喜欢这样，多萝西。想想要是有警察在追捕我们。”

多萝西张开嘴，盯着他。

“可是我们并没有做什么，泰德。我们是在篮子里找到的。”

“这听上去就像是那种笨蛋才会编的故事。看起来根本不可能。”

“是不太可能，”多萝西承认道，“哦，泰德，你真的觉得这就是那条项链？简直就像是童话故事。”

“我可不觉得这听上去像童话故事，”爱德华说，“对我来说更像是那种主人公被不公平地送入达特穆尔监狱关押十四年的故事。”

但是多萝西根本没有听他说话。她把项链环在脖子上，从手包里拿出一面小镜子，审视着自己戴上的效果。

“和公爵夫人一样。”她心醉神迷地低声自语。

“我可不相信。”爱德华粗鲁地说，“这是赝品。这一定是赝品。”

“是的，亲爱的，”多萝西说着，依旧专注地看着镜子中自己的形象，“很有可能。”

“还有另一种可能——巧合。”

“鸽子血。”多萝西嘟囔着说。

“太荒谬了。这就是我要说的，荒谬。听着，多萝西，你在听我说话吗，听了吗？”

多萝西放下镜子。她转向他，一只手放在脖颈上的红宝石上。

“我看起来怎么样？”她问道。

爱德华盯着她，他忘记了不满。他从来没有见过多萝西这个样子。她十分心满意足，一种王室般的魅力让他觉得很新奇。她相信脖子上的珠宝价值五万英镑，这让多萝西·普拉特成为一个全新的女人。她看上去自傲沉静，像是克里奥帕特拉、塞米勒米斯和季诺比亚[①] 三人的合体一般。

“你看上去……你看上去……极有魅力。”爱德华恭顺地说。

多萝西笑了，她的笑声也完全不一样了。

“听着，”爱德华说，“我们得做点什么。我们必须带着它去警局或者哪里。”

“胡说八道。”多萝西说，“就在刚才，你亲口说他们不会相信你。你可能会因为盗窃而被送进监狱。”

“可是——可是，除此之外，我们还能做什么呢？”

“留下它。”这位全新的多萝西·普拉特说。

爱德华盯着她。

“留下它？你疯了？”

“是我们找到的，不是吗？为什么我们要觉得它很值钱？我们可以留下它，而且我还要戴着呢。”

① Cleopatra，克里奥帕特拉七世，埃及托勒密王朝最后一位女王。Semiramis，传说中的亚述女王。Zenobia，公元三世纪叙利亚帕尔米拉王国女王。

“警察会逮捕你。”

多萝西思考了一会儿。

“好吧。”她说，“那咱们把它卖掉。你可以去买一辆劳斯莱斯，或者两辆；我可以买一件钻石头饰和几枚戒指。”

爱德华依旧盯着她。多萝西露出了不耐烦的神色。

“现在机会就在我们手上——就看你能不能抓住。我们没有偷东西——我不会容忍这种说法。它来到我们身边，这可能是我们得到想要的一切的唯一机会。你难道完全丧失勇气了吗，爱德华·帕尔格鲁夫？”

爱德华这才找回自己的声音。

“你说卖掉它？不可能那么简单。任何珠宝商都会想知道你到底是从哪里得到这东西的。”

“你不要带去珠宝商那里。你没有读过侦探小说吗，泰德？你当然要找个销赃的人。”

“我要怎么找销赃的人？我可是被体面地抚养长大的。”

“男人应该知道所有的事，”多萝西说，“那是他们应尽的义务。”

他看着她。她很平静，也不退缩。

“我不敢相信你现在的样子。”他微弱地说。

“我原本以为你会更有勇气呢。”

一阵沉默。然后多萝西站了起来。

“好吧，”她轻轻地说，“我们最好还是回家吧。”

“把这东西戴在你脖子上？”

多萝西摘下了项链，满怀敬意地看了看，把它放进了手包。

“听着，”爱德华说，“把那东西给我。”

“不。”

“不，你必须给我。我得保持诚实，亲爱的。”

“好吧，你可以一直诚实下去。你不需要和它有任何牵连。”

“哦，给我。”爱德华不顾一切地说，“我来做。我会去找个销赃的人。就像你说的，这是我们唯一的机会。我们诚实地得到它——花了两先令。这就和那些古董商店里的先生们每天的营生一样，而且他们为此感到自豪。”

“就是这样！”多萝西说，“哦，爱德华，你太棒了！”

她递过项链，他将项链放进他的口袋里。他感到兴奋，得意扬扬，自己是个邪恶的家伙！在这样的情绪中，他开动了奥斯汀。他们两个都很兴奋，以至于忘记了喝下午茶。他们沉默着开回了伦敦。有一次在十字路口，一个警察朝车走过来，爱德华的心脏都差点停跳了。如同奇迹一般，他们没有任何意外地返回了家中。

爱德华最后对多萝西说的话充满了冒险精神。

“我们要干就干到底。五万英镑！值！”

当天晚上，爱德华梦见了囚犯制服上的箭头状记号和达特穆尔监狱，他醒得很早，面容枯槁，萎靡不振。他不得不开始去找一个销赃人——然而怎么找他却毫无头绪！

他心不在焉地在办公室里工作，午饭前就给自己招来了两次严厉的指责。

怎样才能找到一个销赃人？白教堂区，他想，可能是个合适的地方——或者是斯特普尼？

当他返回办公室时，有电话找他。是多萝西——悲伤而带着哭腔。

“是你吗，泰德？我现在正占用电话，但是她可能随时都会过来，那样我就不得不挂了。泰德，你还什么都没做吧，是吗？”

爱德华回答说没有。

“嗯，听着，泰德，你必须什么也别做。我昨天一整夜都睡不着。太可怕了。想到《圣经》中说到人不得偷窃的话。我昨天肯定是疯了——我真的疯了。你什么都不要做，好吗，泰德，亲爱的？”

帕尔格鲁夫先生是不是感到如释重负呢？可能是的——但是他一点都没打算承认。

“当我说要做一件事时，我肯定会做到底。”他用一种钢铁眼超人般的语调说道。

“哦，可是泰德，亲爱的，你千万别这么做。哦，上帝，她来了。听着泰德，她今天晚上打算去参加晚宴。我可以溜出来见你。在我见到你之前，千万别做任何事。八点钟。在拐角那里等我。”她的声音变成了天使低语那般温柔，“是的，夫人，我想是打错电话了。他们想找布鲁姆斯伯里○二三四号。”

爱德华六点钟离开办公室，这时一条巨大的报纸标题吸引了他的眼球。

珠宝盗窃案，最新进展

他匆忙地付了一个便士，平安地上了地铁，敏捷地找到一个座位。他急切地细读报纸，轻而易举就找到了他要找的内容。

他不由地低低吹了声口哨：

“好吧——我——”

接着，另一条紧邻的标题吸引了他的注意力。他读完了整篇，然后任由报纸滑到了地板上。

八点整，他已经等候在约会的地点。多萝西匆匆赶来见他，她气喘吁吁、面色苍白，却依旧不失动人之处。

“你什么都没做吧，泰德？”

“我什么都没做。”他把红宝石项链从口袋中拿出来，“你可以戴上它。”

“但是，泰德——”

“警察已经找到了红宝石项链——而且也抓住了那个偷它的人。你读读这个！”

他猛地将报纸推到她鼻子底下。多萝西读了起来：

广告新噱头

全英五便士集市正采用一种新的广告伎俩，他们打算向著名的伍尔沃斯零售店发起挑战。昨天他们已经售出成篮的水果，而且计划要在每个星期天出售。在每五个篮子中，会有一个装着不同颜色的宝石项链仿品。这些项链就价格来说真是妙不可言。昨天，他们给大家带来了兴奋和欢乐，并且“吃更多的水果”会在下个星期天成为一项更大的流行活动。我们向五便士集市的聪明才智表示祝贺，并祝福他们能够在购买英国国货的运动中获得好运。

“好吧——”多萝西说。

停顿了片刻，又说：“好吧！”

“是的，”爱德华，“我也是这种感觉。”

一个路过的人将报纸塞进他的手里。

“拿好，老兄。”他说，“一个有道德的女人的价值远远高于红宝石。”

“说得好！”爱德华说，“我希望这能让你高兴起来。”

“我不知道，”多萝西犹豫地说，“我不是真想要看起来像个好女人。”

“你不像，”爱德华说，“这就是那个男人给我报纸的原因。你脖子上的那串红宝石让你看起来不像个好女人。”

多萝西笑了。

“你可真是个小可爱，泰德。”她说，“来吧，咱们去看电影。”

伊斯特伍德先生的冒险

伊斯特伍德先生看着天花板。然后他又看着地板。他的目光从地板又慢慢地转移到了右手边的墙上。然后他突然暗下决心，将目光再次紧紧盯在面前的打字机上。

洁白的纸页上用一行大写字母写着标题：

第二根黄瓜的秘密

上面这样写到。一个令人愉快的标题。安东尼·伊斯特伍德觉得任何人读到这个标题都会立刻产生兴趣，被它吸引。“第二根黄瓜的秘密，”他们会说，“这说的是什么呢？一根黄瓜？第二根黄瓜？我一定要读读这个故事。”他们会被技艺精湛的侦探大师围绕简单的蔬菜而编织出激动人心的情节所表现出的娴熟技艺而兴奋、着迷。

好极了。安东尼·伊斯特伍德像所有人一样知道故事应该是什么样子。麻烦的是不知何故，他写不下去了。小说的两大要素就是标题和情节，剩下的不过是基础工作，有时标题本身就能构成情节——在某种程度上——然后其余的事就都轻而易举了。但是这次，标题依旧点缀在纸的顶端，情节部分却仍然踪迹皆无。

安东尼·伊斯特伍德再次凝视天花板、地板和墙纸来寻找灵感，但是依旧没什么收获。

“我要给女主人公起名叫索尼娅，”安东尼说，边鼓励自己，“索尼娅或者是多洛蕾丝。她应该有着象牙白的皮肤——并非不健康的那种，她的眼睛像深不可测的池水。男主人公要叫乔治，或者是约翰，矮个子英国人。然后园丁——我想会有一个园丁，我们得把那根糟糕的黄瓜想办法拖进来，园丁可能是苏格兰人，对早霜的悲观态度令人发笑。”

这个方法有时管用，但是今天早上却似乎不行。尽管安东尼可以很清楚地看到索尼娅和乔治以及好笑的园丁，但是他们完全没有表露出想要做点什么的意愿。

“当然，我可以弄一根香蕉，”尽管安东尼感到绝望，“或者一根莴苣，或者一颗甘蓝——甘蓝，怎么样？一份布鲁塞尔的密码，失窃的不记名债券，险恶的比利时男爵。”

有那么一刻，一丝光明出现了，但是又很快熄灭。比利时男爵没有成型，而且安东尼突然想到早霜和黄瓜之间是不相容的，这似乎让那个苏格兰园丁逗乐的言辞化为泡影。

“哦！该死的！”伊斯特伍德先生说。

他站起来抓过《每日邮报》。上面可能有谁以这样那样的方式死掉，能够让一个大汗淋漓的作家得以增加灵感。但是今早的新闻基本上都是政治和国外新闻。伊斯特伍德先生厌恶地丢下报纸。

接下来，他抓过桌子上的一本小说，闭上眼睛，手指轻轻触摸着其中一页。命运女神给他指示的词是“绵羊”。突然间，伴随着耀眼的智慧火花，一个完整的故事展现在伊斯特伍德先生的脑海中。一个可爱的女孩——爱人死于战争，她精神错乱，在苏格兰的山中照顾羊群——离奇地遇见了死去的爱人，最后像奥斯卡影片中那样，绵羊与月光，女孩在雪中倒地死去，留下两行脚印……

这是个很凄美的故事。安东尼长叹一口气，悲伤地摇了摇头，从自己的构思中跳脱出来。他心知肚明，编辑不想要这种故事——尽管它很唯美。他们想要，并且坚持要得到的（偶尔会相当大方地支付报酬）是关于神秘的黑衣女人，心脏上被刺了一刀，一个年轻的男主人公受到了不公平的怀疑，然后突然解决了谜题，而且有罪的是那个最不受怀疑的人，凭借的是完全不充足的线索——事实上，就是“第二根黄瓜的秘密”。

“然而，”安东尼思索着，“十之八九，他会修改标题，而且问都不问我，就把它改成诸如‘最卑鄙的谋杀’之类乌七八糟的东西！哦，该死的电话。”

他生气地冲过去，摘下听筒。在过去的一个小时里，他已经两次被电话召唤过去——一次是打错了，另一次是他十分厌恶的、轻佻的上流社会贵妇人动员他去晚宴，她不屈不挠，他无法抵挡。

“喂！”他对着听筒吼道。

应声的是个女人，声音温柔亲和，还带点外国口音。

“是你吗，亲爱的？”话说得很温柔。

“好吧——哦——我不知道。”伊斯特伍德先生小心地说，“你是谁？”

“是我。卡门。听着，亲爱的。我被人追捕，处境危险，你必须立刻过来。性命攸关。”

“你能再说一遍吗，”伊斯特伍德先生礼貌地说，“我恐怕你打错了——”

他还没说完，就被打断了：

“圣母玛利亚！他们来了。如果他们发现我在做什么，会杀了我。不要辜负我。立刻过来。如果你不来，我肯定会因你而死。你知道，柯克大街三百二十号。口令是黄瓜……嘘……”

他听到一声微弱的咔嗒声，对方挂了电话。

“得了，真见鬼。”伊斯特伍德先生十分诧异地说。

他走到烟草罐子前，小心地装满烟斗。

“我想，”他沉思道，“刚才那事儿是我潜意识造成的奇怪效果。她不可能说过黄瓜这个词。整件事太不寻常了。她说了黄瓜吗？还是没有说？”

他来回踱步，犹豫不决。

“柯克大街三百二十号。我想知道是什么事。她期待着另一个男人出现。我希望当时在电话里能解释一下。柯克大街三百二十号。口令是黄瓜……哦，不可能，太荒唐了……忙碌的大脑的幻觉。”

他恶狠狠地扫了一眼打字机。

“我不知道，你究竟有什么用处？我已经看了你一早上，这使我获益匪浅。一名作家应该从生活中寻找情节，从生活中，你听到了吗？我现在就要出去找一个。”

他戴上帽子，含情脉脉地注视着他的那些无价的旧珐琅收藏品，然后离开了公寓。

柯克大街，大部分伦敦人都知道，是一条长长的大道，主要都是些古玩店，各种各样的赝品价格令人咋舌。此外还有老黄铜器具店、玻璃制品店、破旧的二手店，以及旧衣物贩子。

三百二十号专门卖旧玻璃。各种玻璃器具堆满了店铺，所以安东尼不得不小心翼翼地沿着中间的一条过道前行，过道两边摆满了玻璃酒瓶，花灯和枝形吊灯在他的头上摇摇晃晃。一位年迈的女士坐在店里。她长了些许短胡，这可能会让不少大学生羡慕不已，而她的行为举止也甚为粗蛮。

她看着安东尼，声色俱厉地喝问："有事吗？"

安东尼是那种动辄心乱的年轻人。他立刻就打听起一些葡萄酒杯的价格。

"四十五先令半打。"

"哦，真的吗，"安东尼说，"相当不错，不是吗？这些东西多少钱？"

"很好看，老式的沃特福德酒杯。你想要的话这一对就十八畿尼。"

伊斯特伍德先生觉得他在自找麻烦。之后，在这位老太太虎视眈眈的目光中，他准备买些什么。然而他还是没法让自己离开这家商店。

"那个呢？"他指着一盏枝形吊灯问道。

"三十五畿尼。"

"哦！"伊斯特伍德先生遗憾地说道，"我买不起这么贵的东西。"

"你想要什么？"老太太问，"是结婚礼物吗？"

"是的。"安东尼一下抓住了这个解释，说道，"但是这些都不是很合适。"

"哦，这样，"老太太说，她毅然决然地站起来，"人们不应该错过一块上好的老式玻璃。我这儿有一对老式雕花玻璃酒瓶——还有一套很不错的甜酒器具，正好可以用来送给新娘——"

接下来的十分钟，安东尼忍受了极大的痛苦。老太太紧紧地抓着他，把玻璃制造艺术中每一种能想象到的样品都展现在他眼前。他感到绝望。

"很漂亮，很漂亮。"他敷衍着，放下硬塞给他的一个大高脚酒杯，匆忙喊出一句："我说，你这里有电话吗？"

"不，这儿没有。对面邮局有个办公室可以打电话。现在，你怎么想，高脚酒杯——还是那些不错的老式大酒杯？"

安东尼不是女人，他对如何不买东西而离开商店这门高雅的艺术毫无经验。

"我还是要那套甜酒器具吧。"他忧郁地说。

这是看起来最小的东西了。他非常害怕被强买下枝形吊灯。

他满心苦涩地掏了钱。然后当这位老太太正在包装货物的时候，勇气突然涌上了他的心头。毕竟，她可能只是觉得他是个怪人，而且不管怎样，她怎么想跟自己又有哪门子关系？

"黄瓜。"他清楚而坚定地说道。

老妇人停下了包装的动作。

"嗯？你说什么？"

"没什么。"安东尼挑衅地撒了谎。

"哦！我想你说了黄瓜。"

"我确实说了。"安东尼挑衅地回答道。

"好吧，"老太太说，"你为什么不早说？浪费我的时间。穿过那扇门，那边有道楼梯。她正等着你呢。"

安东尼仿佛身在梦中，他穿过那扇门，爬上了肮脏的楼梯。楼梯顶部是一扇半开的门，里面是个小小的起居室。

一个女孩坐在椅子上，她盯着门，脸上现出一副渴望的表情。

居然是这样一个女孩！她真的有安东尼笔下常写的那种象牙白的皮肤。而且她的眼睛！居然是那样的眼睛！她不是英国人，一眼就看得出来。她朴素的穿着之中也流露出一种异国情调。

安东尼在门边停了一下，稍微有些窘迫。看来是该解释的时候了。

但是伴随着一声喜悦的叫喊，女孩扑入他的怀中。

“你来了，”她大声叫道，“你来了。哦，感谢天使和圣母。”

安东尼从不会错过机会，他热烈地附和她。最后，她脱开身，带着点迷人的羞涩仰视他的脸。

“我不应该认识你，”她说，“真的不应该。”

“你不应该吗？”安东尼说得很无力。

“不该，甚至你的眼睛看起来都不一样——而且你比我想象中要英俊十倍。”

“我吗？”

安东尼对自己说：“冷静点，孩子；冷静点。局势看起来发展得不错，但是别昏了头。”

“我可以再亲你一下吗？”

“当然可以，”安东尼热烈地说，“你爱亲几次就亲几次。”

这是一段非常愉快的插曲。

“不知道我到底应该是谁？”安东尼心想，“我希望那个真家伙千万别出现。她真是个完美的可人儿。”

突然，那个女孩脱离他的怀抱，脸上有一瞬间出现了惊恐的表情。

“你到这里来没有被人跟踪吧？”

“上帝，没有。”

“啊，但是他们非常狡诈。你不像我这样了解他们。鲍里斯，他是个恶魔。”

“我会很快为你解决掉鲍里斯。”

“你是一头狮子——是的，狮子。然而他们，就是一群暴民——他们所有人。听着，我拿到它了！他们发现的话会杀掉我的。我很害怕——我不知道该做什么，然后我想到了你……嘘，那是什么声音？”

是楼下商店传来的声音。她示意他待在原地别动，蹑手蹑脚走到楼梯口，当她返回时，脸色苍白，两眼发直。

“圣母玛利亚！是警察。他们上楼来了。你有小刀吗？或者是左轮手枪？”

“我亲爱的姑娘，你不会真想让我去杀一名警察吧？”

“哦，但是他们疯了——疯了！他们会把你带走，然后把你吊死。”

“他们会干什么？”伊斯特伍德先生说，感觉脊背上直冒凉气。

楼梯上传来脚步声 。

“他们来了，”女孩低声细语，“否认一切，这是唯一的希望。”

“那很简单。”伊斯特伍德先生悄声应道。

很快，两个男人进了房间。他们穿着日常服饰，但是从公事公办的言谈举止中能够看出两人训练有素。其中矮个子的那人穿着深色衣服，有一双安静的灰色眼睛，他开口说道：

“康拉德·富莱克曼，”他说，“我以谋杀安娜·卢森伯格的名义逮捕你。你所说的话都将成为呈堂证供。这是逮捕令，而且你最好乖乖跟我们走。”

女孩差点尖叫起来。安东尼面带沉着的微笑走上前。

“警官，你弄错了，”他和气地说，“我的名字是安东尼·伊斯特伍德。”

两名警探看上去完全无动于衷。

“我们稍后再说这些。”先前没开口的那个人说，“现在，请你跟我们走。”

“康拉德，”女孩哀号着，“康拉德，别让他们带走你。”

安东尼看着警探们。

“我肯定，你们二位会准许我向这位年轻女士道别。”

这两个人比他想象得要有风度，他们走向门口。安东尼把女孩拉到窗边的角落里，急促地低声跟她说话。

“听我说。我刚刚说的是真话。我不是康拉德·富莱克曼。你早上打电话的时候，肯定是拨错了号码。我的名字是安东尼·伊斯特伍德。我应你的请求而来，因为——好吧，反正我就是来了。”

她怀疑地盯着他。

“你不是康拉德·富莱克曼？”

“我不是。”

“哦！”她尖叫起来，声音里有种深沉的悲苦，“可我还亲吻了你！”

“那完全没什么，”伊斯特伍德先生向她保证，“早年的基督徒把这种行为当成一种惯例。感觉真好。现在你听我说，我会和那两个人走，会很快证明我的身份。与此同时，他们不会再来烦扰你，而你可以给你亲爱的康拉德发个警告。然后——”

“怎么样？”

“嗯，就这样。我的电话号码是西北1743——小心别再让接线员接错。”

她笑中带泪，迷人地看了他一眼。

“我不会忘记的，真的，我不会忘记。”

“很好。再见。我说——”

“什么？”

“关于早年基督徒的事儿——再来一次你不介意吧？”

她猛地将自己的胳膊环住他的脖子，嘴唇贴了上来。

“我喜欢你——是的，我真心喜欢你。你会记得，无论发生什么事，对吗？”

安东尼不情愿地和她分开，然后走向那些追捕他的人。

“我现在可以跟你们走了。你们不打算拘留这位年轻女士吧，我想。”

“不，先生，不会拘留她。”小个子男人彬彬有礼地说。

“真是些体面的家伙，这些苏格兰场人。”安东尼心想，跟着他们走下窄窄的楼梯。

安东尼没有再看到店里的那位老太太，但是听到了从后门那里传来的沉重呼吸声，他猜想她可能就躲在门后，小心翼翼地观察事态的发展。

一走出肮脏的柯克大街，安东尼便长出了一口气，他冲着那个矮个子说：

“现在，探长——你是探长，我想？”

“是的，先生。维罗尔探长。这是卡特警佐。”

“嗯，维罗尔探长，是时候谈谈正事了——也该好好听我说一说。我不是那个什么康拉德。我的名字是安东尼·伊斯特伍德，就像我告诉你的那样，而且我是一名职业作家。如果你们跟我回我的公寓，我想我能证明自己的身份。”

安东尼讲话中一种面不改色的淡定让两名警探印象深刻。第一次，一丝怀疑闪过维罗尔的脸。

卡特，很明显是很难被说服的人。

“我敢说，”他讽刺道，“你记得那位年轻女士叫你‘康拉德’吧。”

“啊！那是另一回事。我不介意告诉你们二位——嗯——出于个人原因，我向那位女士冒充了一个叫康拉德的人。纯属私事，你们明白。”

“说的煞有介事，不是吗？”卡特评论道，“不，先生，你得跟我们走。乔，叫辆出租车。”

一辆出租车停下，三个人上了车。安东尼又最后做了一次尝试，说服维罗尔一个人比说服两个人简单。

“听着，亲爱的警探，你们跟我去一趟我的公寓看看我说的是不是真话也没什么害处。要是你们愿意，就还让出租车等着——我来出钱！五分钟时间不会怎么样的。”

维罗尔探究地打量着他。

“可以，”他突然说道，“虽然奇怪，但是我相信你说的是真话。我们不想因为抓错人而在局里出洋相。你的地址在哪里？”

“布兰登堡大楼四十八号。”

维罗尔斜过身对出租车司机喊出了地址。三个人安静地一直坐到了目的地，然后卡特跳下车，维罗尔示意让安东尼跟着他。

“没有必要把事情搞得不愉快。”他解释道，也下了车，“我们就友好地走进去，好像是伊斯特伍德先生带了两个朋友回家。”

安东尼对这个提议非常感激，他对刑事侦查部门的看法每分钟都在变好。

在大厅的走廊里，他们很幸运地遇到了罗杰斯——一个搬运工。安东尼停了下来。

“哦！晚上好，罗杰斯。”他随意地说道。

“晚上好，伊斯特伍德先生。”搬运工尊敬地回答道。

他喜欢安东尼，因为他比他的邻居要慷慨大方。

安东尼一脚踏在楼梯上时，停了下来。

“对了，罗杰斯，”他随意地说，“我在这里住了多久？我刚好在和我的这些朋友谈论这件事呢。”

“让我想想，先生，到现在应该快四年了。”

“和我想的一样。”

安东尼得意地瞟了两名警探一眼。卡特咕哝了一声，但是维罗尔却笑了起来。

“很好，但是这还不够，先生。”他说道，“我们上楼吧？”

安东尼用他的弹簧锁钥匙打开了公寓的房门。他很庆幸自己记得仆人希马克出门了。越少有人目击这场灾难越好。

打字机还是他离开时的样子。卡特大步绕过桌子，沮丧地读起了纸上的字：

第二根黄瓜的秘密

“是我写的一个故事。”安东尼淡然地解释。

“不错，先生。”维罗尔说，点头，眨眼，“对了，先生，这故事讲的什么？第二根黄瓜有什么秘密？”

“啊，你可问倒我了。”安东尼说，“这第二根黄瓜就是这场麻烦的根源。”

卡特专注地看着他。突然他摇了摇头，意味深长地轻拍自己的额头。

“真是奇怪，可怜的年轻人。”他在一旁用清晰可闻的声音咕哝道。

“现在，先生们，”伊斯特伍德先生轻快地说，“还是说说正事吧。这是寄给我的信，我的银行存折，以及和编辑们的通信。你们还需要看什么？”

维罗尔检查了安东尼甩给他的那些纸质文件。

“依我看，先生，”他恭敬地说，“我不需要更多的了。我已经被说服了。但是我不能承担擅自把你放走的责任。你看，尽管看起来可以肯定，你作为伊斯特伍德先生已经居住在这里好几年，但是有可能康拉德·富莱克曼和安东尼·伊斯特伍德是同一个人。我肯定会仔细搜查整间公寓，录取您的指纹，然后打电话给总部。”

“这像是个全面细致的计划。”安东尼说，“我保证欢迎你们来寻找我的罪恶秘密。”

探长露齿而笑。作为一名警探，他是个非常讲人情的人。

“我在这边忙碌的时候，您能否和卡特一起到那边的小屋去？”

“好的，”安东尼不情愿地说，“我想能不能以其他方式进行？”

“你是说？”

“你，我，还有一些威士忌和苏打水在那间小屋里，而这时，我们的朋友，警佐，可以好好搜查一番。”

“你更喜欢这么做，先生？”

“的确如此。”

他们留下卡特熟练地调查桌上的物品，走出屋门的时候，听见他取下话筒打给苏格兰场。

“还不赖。”安东尼说，将一瓶威士忌和苏打水放在旁边，殷勤地招待维罗尔探长，“我是不是先喝点，确保威士忌里面没下毒？”

探长微微笑了笑。

“所有的事都非同寻常，”他说道，“但是我对这行当还是略知一二。我知道一开始我们就犯了个错误。但是当然，还是得例行公事。你根本摆脱不了繁文缛节，不是吗，先生？”

“我想不能，”安东尼遗憾地说，“那位警佐看上去可不是那么友好，不是吗？”

“啊，他是个好人，卡特警佐。你可能很难骗过他。”

“我注意到了。”安东尼说。

“顺便问一句，探长，”他补充道，“你反对我听一听有关那个‘我’的事情吗？”

“以什么方式呢，先生？”

“得了吧，你难道没发现我已经被好奇心所吞噬了吗？安娜·卢森伯格是谁，我为什么要谋杀她？”

“你会在明天的报纸上读到所有的东西，先生。”

“明天的我是昨天的我加上一万年。”安东尼引用道，“我真的觉得你应该满足我完全合法的好奇心，探长。丢开你那官方的缄默，告诉我吧。”

“这非常不合规定，先生。”

“亲爱的探长，我们不是已经成为可靠的朋友了吗？”

“好吧，先生，安娜·卢森伯格是一个德国犹太人，住在汉普斯特德。不知道以什么为生，她一年比一年富有。”

“我正好相反。”安东尼评论道，“我有自己的谋生手段，我却一年比一年穷。也许我住在汉普斯特德的话会好一些。我一直听说汉普斯特德是个令人振奋的地方。”

“曾经，”维罗尔继续说，“她是个旧衣物贩子——”

“那就能解释得通了，”安东尼插嘴道，“我记得在战后我卖掉了我的制服，不是卡其布的那套，是另一套。当时我整间公寓里塞满了红色裤子和金色带子，它们都得以最佳效果铺开。一个穿着格子西装的胖子坐着劳斯莱斯过来，带着一个给他拎包的杂役。他出一英镑十便士买下这些东西。最后，我又扔进去一件狩猎外套和几副蔡司眼镜，才凑够了两英镑。一个手势，那个杂役就打开包把这些东西都装进去，然后那个胖子给了我十英镑让我找钱。”

“大概十年之前，”探长继续说，“伦敦有几个西班牙的政治难民——其中有个人叫唐·费尔南多·弗瑞恩斯，他有个年轻的妻子和孩子。他们非常贫穷，而且妻子还生了病。安娜·卢森伯格上门，问他们是否有什么东西需要卖掉。唐·费尔南多那时不在家，他妻子决定把一条非常精美的西班牙披肩卖掉，这条披肩的刺绣极好，是她丈夫在逃离西班牙之前送给她的最后礼物。唐·费尔南多回来后，对披肩被卖掉一事十分生气，想要把披肩找回来。最后当他成功地找到那个卖旧衣服的女人时，她声称已经将这条披肩卖给了一个她不知名的女人。唐·费尔南多很绝望。两个月后，他因在街上被人捅伤而死。从那时候起，安娜·卢森伯格离奇地富有起来。在接下来的十年里，她的房子至少被盗贼闯过八次。其中四次计划挫败，什么都没有丢失，另外四次中，那条刺绣披肩和一些其他的东西都被偷走了。”

探长停顿了一下，然后在安东尼急切的比画下继续说下去。

“一个星期之前，卡门·弗瑞恩斯，也就是唐·费尔南多的女儿，从法国的一所女修道院来到这个国家。她做的第一件事就是在汉普斯特德寻找安娜·卢森伯格的踪迹。据说，她和那名老妇人发生了激烈的争吵，她离开时说的话被一名仆人偶然听到。

“‘你还留着那条披肩，’她叫喊道，‘这么多年来，你就是因为它而富有——但是我跟你说，最终它还是会带给你厄运。在道义上，你没有权利得到它。那天会到来的，你会希望你从来就没见过这条千花披肩。’

“三天后，卡门·弗瑞恩斯从她下榻的旅店神秘地失踪了。人们在她的房间里找到了一个名字和一个地址——名字就是康拉德·富莱克曼，还有一张字条——一个声称自己是古董商的人问她是不是有意出售一条披肩，他相信披肩在她手上。那张字条上的地址是个假地址。

“很明显，整个谜团的核心就是那条披肩。昨天早上，康拉德·富莱克曼去拜访了安娜·卢森伯格。她和他待了一个多小时，在他离开之后，她不得不脸色苍白、浑身颤抖地上了床。但是她下命令说，如果他再来拜访，一定要让他进来。昨天晚上九点，她起床外出，然后就再没回来。今天一大早，她在一栋康拉德·富莱克曼名下的房子里被人发现，心脏被刺了一刀。在她旁边的地板上——你猜猜是什么？”

“披肩？”安东尼轻声说，“那条千花披肩。”

“是远比这更毛骨悚然的东西。它能够解释整个披肩谜团，让披肩被隐藏的价值浮出水面……不好意思，我想应该是局长来了——”

门铃确实在响。安东尼尽力控制自己的不耐烦情绪，等待探长回来。现在他对自己的处境感到轻松。只要他们采到了自己的指纹，就会意识到他们的错误。

然后，可能卡门会打电话过来……

千花披肩！多么离奇的故事——就是这种故事才和那个女孩精致的美丽相匹配。

卡门·弗瑞恩斯……

他从自己的白日梦中清醒过来。探长怎么花了这么长时间？他站起身拉开门。整间公寓异常安静。他们走了吗？肯定不会没和他说一声就走掉。

他大步走到隔壁的屋子。是空的——起居室也是如此。异常空旷！屋子里零乱不堪。天哪！他的珐琅器具——那些银器！

他匆忙疯狂地穿过公寓。到处都是一个样子。这里已经被洗劫一空。每件值钱的东西，还有安东尼精心收藏的小物件，都消失不见了。

伴随一声呻吟，安东尼蹒跚着走到椅子旁，把头埋入手掌中。这时，前门的门铃将他唤醒。他打开门，是罗杰斯。

“对不起，先生。”罗杰斯说，“那些先生们说你可能会需要什么东西。”

“那些先生们？”

“您的那两位朋友，先生。我尽心尽力地帮他们打包。很幸运，我碰巧在地下室找到两个货物箱子。”他的眼神落在地板上，“我已经尽可能地把麦秆都打扫干净了，先生。”

“你在这儿打的包？”安东尼呻吟道。

“是的，先生。这不是您的意思吗？是那位高个子先生告诉我这么做的，看见您正和另一位先生在小房间内聊天，我不想打扰您。”

“不是我在和他聊天，”安东尼说，“是他在跟我聊天——妈的。”

罗杰斯咳嗽了一声。

“我对您必须这样做感到遗憾，先生。”他咕哝道。

“必须？”

“和您那些小小的宝贝们分开，先生。”

“嗯？哦，是啊。哈，哈！”他苦笑了一下，“他们现在一定开车跑了，我想。那些——我是说那些我的朋友们。”

“哦，是的，先生，就在刚刚不久前。我把箱子放到出租车上，高个子先生又上楼来，然后他们两个人跑下去立即开车走了……对不起，先生，有什么问题吗，先生？”

罗杰斯问对了。安东尼发出的空洞的呻吟，无论在哪儿都会惹人猜疑。

“每件事情都错了，谢谢你，罗杰斯。但是我想得很清楚，这并不怨你。让我静一静，我想去打个电话。”

五分钟后，安东尼将这个故事全部告诉了德拉沃探长，探长正面对他而坐，手中拿着笔记本。一个冷漠的人，德拉沃探长，（安东尼心想）并不像一个真正的探长。事实上，他相当做作。另一个把艺术置于自然之上的典型。

安东尼讲完了故事。探长合上了他的笔记本。

“嗯？”安东尼焦急地说。

“非常明显，”探长说，“这是帕特森盗贼团伙。他们最近做了很多起案。大个子金色头发男人，小个子深肤色男人，还有个女孩。”

“女孩？”

“是的，长得很好看。通常扮演诱饵的角色。”

“一个——一个西班牙女孩？”

“她可能会这么说。她出生在汉普斯特德。”

“我说过那是个令人振奋的地方。”安东尼咕哝道。

“是的，事情已经很清楚了。”探长说着，站起来准备离开，“她给你打电话，编个故事——她猜你会过去。然后她去老妈妈吉布森的店里，给一些小费好使用她的房间，在公众场所见面可不方便——情人会面，你知道，也不是什么犯罪。你完全掉入陷阱，他们把你带回这里，当一个人编故事给你听的时候，另一个人就会把财产都卷跑。这就是帕特森盗贼团伙，这就是他们的作案方式。”

“我的东西呢？”安东尼焦急地问。

“我们尽量去找，先生。但帕特森团伙可是非常狡猾的。”

“他们看上去正是这样。”安东尼痛苦地说。

就在探长刚一离开，门铃又响了。安东尼打开门。一个小男孩站在那儿，手里拿着一个包裹。

“这是您的包裹，先生。”

安东尼有些惊讶地拿过包裹，他完全没有预料到。他拿着东西返回起居室，拆下了丝线。

是一套甜酒酒具。

“真见鬼！”安东尼说。

然后他注意到在玻璃杯的底部有一朵小小的人造玫瑰。他的思绪回到柯克大街的那间屋子里。

“我喜欢你——是的，我确实喜欢你。你会记得的，无论发生什么事，是吗？”

她当时是这么说的。无论发生什么……她是不是说——

安东尼坚决地控制自己的情绪。

“这样下去不行。”他劝告自己。

他的眼睛落在了打字机上，然后带着一副坚毅的表情坐下来。

第二根黄瓜的秘密

他的表情再次神游起来。那条千花披肩。在尸体旁边的地板上究竟发现了什么呢？这个可怕的东西能够解释整个谜团吗？

什么都不能，当然，这只不过是为了吸引他的注意力而编造出来的故事罢了。讲述者运用了古老的《一千零一夜》中的技巧，在最吸引人的地方停下来。但是，是不是真的有什么恐怖的东西能够解释这个谜团？现在也没有吗？如果一个人用心去思考呢？

安东尼把打字机上的那页纸扯了下来，然后换上了另一张纸。他打下了标题：

西班牙披肩之谜

他仔细打量了这个标题一会儿。

然后他开始飞快地敲起字来……

1

乔治·邓达斯站在伦敦街头沉思冥想。

在他身边，卖苦力的人和赚大钱的人像潮水一般涌动着。但是乔治，衣冠楚楚，裤线笔直，根本没有注意到这些人。他忙着在想接下来要做什么。

刚才发生了一件事！用下层人的说法，乔治和他有钱的舅舅（里德贝特与吉令公司的伊弗瑞姆·里德贝特）“大吵一通”。严格来说，这场争吵几乎就是里德贝特先生单方面的。愤怒就像小溪一样从他的嘴唇中流淌出来，而且事实上，它们几乎由重复的话组成，不过这并没有令他不安。把一件事好好地说上一遍，然后就随它去，这可不是里德贝特先生的座右铭。

争执的主题只有一个——年轻人可耻的愚蠢和缺德。他总能找到方式来表现，甚至没有经过请示，就给自己放了一天假。当里德贝特先生说完他能够想到的一切，并且有几件事还说了两遍之后，他停下来喘口气，然后开始质问乔治这么做是什么意思。

乔治轻描淡写地说，他觉得自己想要休息一天。事实上，应该是想要一个假期。

然后，里德贝特先生就想知道，星期六下午和星期日不算吗？更不用说刚过去不久的圣灵降临周[1]，以及即将到来的八月银行假日[2]了。

乔治说，他不喜欢星期六下午、星期日或者是银行假日。他想要一个真正的假期，这样才有可能找到一个没有半个伦敦人聚集在一起的地方。

里德贝特先生说他已经为死去姐姐的儿子尽了全力——没人会说他没给机会。不过很明显，这并不管用。以后，乔治会有五天真正的假期，再加上星期六和星期日，可以去做他喜欢做的事儿。

"金色的机遇已经向你抛来，我的孩子，"里德贝特用最后一点诗意般想象的语调说，"你却没有抓住它。"

乔治说，似乎他就是这么做的。里德贝特先生一改诗歌般的语调，生气地叫他滚出去。

汉斯·乔治陷入了沉思。舅舅会不会大发慈悲？他对乔治，有没有深藏于内心的喜爱，还是只有冰冷的厌恶？

这时，突然有个声音响起——一个最不可能的声音——"你好"！

一辆有着长长引擎罩的绯红色旅行车在他身边停下来。车上是那个既漂亮又受人欢迎的交际花，玛丽·蒙特雷索。（她就是那种带插图的报纸一个月至少会登载四次她的肖像的女人。）她正娴熟地冲乔治微笑。

"我从来都不知道一个男人可以如此像一座孤岛。"玛丽·蒙特雷索说，"你想上车吗？"

---

①复活节后的第七周。

②英国的法定假日。

“我很愿意。”乔治毫不犹豫地上车，坐在了她身旁。

他们缓缓前行，因为交通状况不允许有其他选择。

“我厌倦了这座城市，”玛丽·蒙特雷索说，“我来这里是为了看看它是什么样子，现在我要回伦敦去了。”

乔治没有冒昧地去纠正她的地理错误，只是说这是个好主意。他们时而缓缓前行，时而加速冲刺，那是当玛丽·蒙特雷索看到有机会超车的时候。乔治从后视镜里看着她，觉得她似乎兴致不错，但是一想到人生只能死一次，他觉得最好还是别试图和她搭话。他想让这位美女司机把注意力集中在手头的工作上。

在海德公园角，车来了个急转弯，她选择这个时候又打开话匣子。

“你愿意娶我吗？”她不经意地问道。

乔治倒抽了一口气，但可能那是因为一辆会招致灾难的巨型巴士。他为自己能迅速做出反应而感到骄傲。

“我愿意。”他轻松地回答道。

“好吧，”玛丽·蒙特雷索含含糊糊地说，“也许有一天你会的。”

他们平安地把车开上了直道，这时乔治注意到海德公园角地铁站有一张新贴的广告。“严峻的政治形势”和“被告席上的上校”之间，插入了一条“社交小姐即将嫁给公爵”的标题，另一标题写着“埃奇希尔公爵及蒙特雷索小姐”。

“关于埃奇希尔公爵的这条说的是什么？”乔治严肃地问道。

“是说我和宾戈吗？我们订婚了。”

“但是——你刚刚说——”

“哦，那事儿，”玛丽·蒙特雷索说，“你看，我还没有决定要嫁给谁。”

“为什么要和他订婚？”

“只是为了看看我能不能做到这一点。每个人都觉得这事儿很难，但是其实一点也不难！”

“真是够倒霉的——嗯——宾戈。”乔治说，竭力控制自己因为以绰号来称呼一位健在的公爵而产生的羞耻感。

“是，很倒霉。”玛丽·蒙特雷索说，“对宾戈来说，如果有什么事儿能走运就好了，但是我对此表示怀疑。”

乔治又有了另外一项发现，依旧是借助一张显眼的海报。

“为什么你会出现在这儿？当然，今天是阿斯科特的赛马锦标赛，我应该想到那里是你今天要去的地方。”

玛丽·蒙特雷索叹了口气。

“我想要个假期。”她哀怨地说。

“哦，我也是，”乔治高兴地说，“结果我舅舅就把我踢了出来，让我挨饿。”

“那么假使我们结婚，”玛丽说，“我每年两万的收入就可以派上用场了？”

“它肯定能给咱们的房子添置一些舒适的物品。”乔治说。

“说起房子，”玛丽说，“我们不如去乡下找栋我们喜欢的房子来住吧。”

这似乎是个简单又迷人的计划。他们通过了帕特尼大桥，到达金斯顿边道。玛丽心满意足地舒了口气，一脚油门，他们很快就来到了乡下。半小时后，玛丽一声惊呼，激动地用手指向前方某处。

他们面前的山脊上，有一栋房子，这栋房子被房产中介描述为（很少是真的）具有“旧世界”的魅力。只要想象一下如果对于乡下大多数房子的描述成真的话，就能知道这栋房子的模样。

玛丽在白色的大门外停下车。

“我们把车停在这里，然后上去看看房子。这是我们的房子。”

“毫无疑问，这是我们的房子，”乔治赞同道，“但是目前，似乎有其他人住在里面。”

玛丽一挥手驳回了“其他人”的说法。他们沿着蜿蜒的车道往上走。从近距离看，这房子更值得人拥有。

“我们走，从窗户往里头瞧瞧。”玛丽说。

乔治对此提出异议。

“别人会怎么——”

“我可不管他们。这是我们的房子——他们只是因为一些偶然原因才住在这里。此外，今天天气不错，他们肯定出门去了。如果有人抓住我们，我可以说……我可以说……我以为这里是帕顿斯丹泽夫人的家，我不小心弄错了，对此我很抱歉。”

“好吧，那么说应该足够安全。”乔治深思熟虑地说。

他们从窗户向里面张望。这栋房子的家居摆设令人舒适。他们刚来到书房，身后就响起嘎吱嘎吱的脚步声。他们转身看到一个无可挑剔的管家。

“哦！”玛丽说，脸上堆起她最迷人的微笑，“帕顿斯丹泽夫人在家吗？我想看看她是不是在书房。”

“帕顿斯丹泽夫人在家，女士。”管家说，“请您走这边。”

他们做了唯一能做的事。他们跟着管家走。乔治在心里盘算着这起突发事件可能的未来进展。帕顿斯丹泽，他得出结论，这个名字出现的概率大约是两万分之一。他的同伴低声说：“把这事交给我。会没事的。”

乔治非常乐意把这事交给她。这种情况，他思忖着，需要使用女性的手腕。

他们被领进了一间休息室。管家一离开房间，门就立刻被一位身材高大、脸色红润、头发漂染过的女士重新打开，她满怀期待地走了进来。

玛丽·蒙特雷索向她走去，然后假装惊讶地停住了。

“哎呀！”她惊呼，“你不是艾米！这可真是太奇怪了！”

“这确实奇怪。”一个冷酷的声音响起。

一个身材庞大的男人跟在帕顿斯丹泽夫人身后走了进来，他长着一张斗牛犬的脸，阴险地皱着眉。乔治觉得他从来没有见过如此令人讨厌的恶汉。这个男人关上门，站在那里用自己的后背抵住了门。

“这确实奇怪。”他讽刺地重复了一遍，“不过我想我们都知道这是你们的一个小把戏！”他突然掏出一把特大号的左轮手枪。“举起手来。举起手来，我说你们呢。贝拉，搜他们的身。”

乔治在读侦探故事时常想知道搜身是什么。现在他知道了。贝拉（又称帕夫人）对于他和玛丽身上没带任何致命武器甚是满意。

“你们觉得自己可能很聪明，是不是？”男人冷笑道，“这样进来，还装无辜。这次你们犯了个错误——一个大错误。事实上，我非常怀疑你们的亲朋好友还能不能再见到你们。哈！你们会的，不是吗？”乔治稍稍动了一下。“别耍花招。我可是一看见你就想给你一枪。”

“小心点，乔治。”玛丽颤抖着说。

“我会非常小心的。”乔治深有同感。

“现在往前走，”男人说，“打开门，贝拉。你们两个，把手放在头上。女士先行——这就对了。我会跟在你们两个后面。穿过大厅，上楼……”

他们服从了命令。除此之外还能怎么样呢？玛丽上了楼，她的手高举着，乔治跟在她身后。那个大个子恶汉跟在他们后面，手里仍拿着左轮手枪。

玛丽走到楼梯的顶端，转过拐角。这时，没有任何预警，乔治突然猛地往后踢去。他踢中了男人的肚子，使其整个人翻下了楼梯。乔治立刻转过身跳下楼梯，用膝盖抵住男人的胸膛。他用右手捡起那人摔落时掉落的左轮手枪。

贝拉尖叫一声，穿过一扇门逃走了。玛丽跑到楼下，面色苍白如纸。

“乔治，你没杀死他吧？”

那个男人依旧躺在地上，乔治弯腰查看。

“我觉得没有。”他遗憾地说，“但他肯定是输啦。”

“感谢上帝。”她呼吸急促。

“干得真漂亮，”乔治的语气中带着骄傲，“看来还得向老驴子多学学。嗯，什么事？”

玛丽拉起他的手。

“走吧，”她紧张地大叫，“快点走。”

“我们得找点什么东西把这个家伙绑起来，”乔治说，下定决心要实行自己的计划，“我想你就不能四处找根绳子或者带子吗？”

“不，我做不到。”玛丽说，“快走吧，求你了，求你了，我太害怕了。”

“你不用害怕。”乔治带着男人的自负说，“有我在这里呢。”

“亲爱的乔治，求你了，就算是为了我。我不想搅进这些事情里。我们走吧。”

她低声说“就算为了我”这话时的独特方式动摇了乔治的决心。他任凭自己被带出房子，快速跑下车道奔向车子。玛丽微弱地说：“你来开车。我觉得我开不了。”乔治一把握住了方向盘。

“但是这事儿我们得做到底，”他说，“天知道那个长相凶恶的流氓是什么家伙。如果你不愿意，我不会去找警察——可我要自己尝试一下。我应该能查出他们的踪迹。”

“不，乔治，我不想你去。”

“我们现在有这样一流的冒险机会，你却想让我退出？这可不行。”

“我不知道你这么嗜血。”玛丽眼泪汪汪地说。

“我并不嗜血。这事不由我引起。是那个该死的家伙——用大左轮手枪威胁我们。对了——为什么我把他踢下楼梯的时候，手枪没有响？”

他停下车，从侧兜中掏出手枪。检查之后，他吹了声口哨。

“嗯，真该死！枪里没有装子弹。如果我早知道的话——”他停下来，思考了一会儿，“玛丽，这事真是奇怪。”

“我知道。这就是为什么我求你别再管了。”

“不可能。”乔治坚定地说。

玛丽发出了一声心碎的叹息。

“我明白了，”她说，“看来我必须得告诉你。最糟糕的是，我不知道你能不能接受这件事。”

“你是什么意思——告诉我？”

“你看，事情是这样的。”她停顿了一下，“我觉得现如今，姑娘们应该团结一致——她们应该坚持去了解她们所遇到的男人。”

“嗯？”乔治十分困惑。

“对一个姑娘来说，最重要的就是在危急情况下，男人们的举动：他的镇定沉着，勇气或是机智？这些东西你很难了解——直到一切为时已晚。紧急情况可能会在结婚好几年之后才发生。你所了解的关于一个男人的一切无非是他舞跳得怎么样，以及他是否能在下雨的晚上打到出租车。”

“这两样都是非常有用的技能。”乔治指出。

“是的，但是女人想要感受到一个男人就是一个顶天立地的汉子。”

“在荒郊野外，男人才能展现出男子气概。”乔治心不在焉地引用道。

“正是这样。但是英格兰没有什么荒郊野外。所以女人只好创造一个人为的环境。这就是我所做的事。”

“你是说——”

“我就是这个意思。这栋房子，就是我的房子。一切都是设计好的，不是偶然。而且那个人，那个你差点杀掉的男人——”

“嗯？”

“他是鲁比·华莱士——那个电影演员。他经常扮演职业拳击手，你知道。他是最可爱、最绅士的人。是我请他帮忙。贝拉是他的妻子。这就是为什么我这么害怕你会杀了他。当然那把左轮手枪没有上膛。它是舞台道具。哦，乔治，你是不是非常生气？”

“我是你第一个……嗯……做这个试验的人吗？”

“哦，不。已经有——让我想想——九个半了！”

“谁是那半个？”乔治好奇地询问。

“宾戈。”玛丽冷冷地答道。

“他们中有没有人像驴一样把人踢倒过？”

“不，都没有。有些人试过威胁，有些人立刻就让步了，但是他们都被带到楼上绑了起来，塞住嘴。然后，当然，我都会设法解开捆我的绳子——就像书里面写的那样——再替他们松绑，然后一起逃跑，发现这栋房子空无一人。”

“没人想过这可能是什么驴把戏，或者类似的东西吗？”

"没有。"

"如果是那样的话，"乔治优雅地说，"我原谅你。"

"谢谢你，乔治。"玛丽温顺地说。

"事实上，"乔治说，"唯一的问题出现了：我们现在去哪里？我不确定是去兰贝斯宫，还是律师公会。"

"你在说什么？"

"证书。一种特别的证书。我想，它是一种标志。你太喜欢和一个男人订婚，然后又立刻要求另一个男人向你求婚。"

"我没有让你娶我！"

"不，你做了。在海德公园角。要让我自己选的话，我可不会选那个地方求婚，但是每个人在这种事情上都有自己独特的喜好。"

"我没有做过这种事。我就是问了问你愿不愿意和我结婚，只是开个玩笑罢了。我不是认真的。"

"如果我去咨询律师的建议，我敢肯定他会说这构成一次真正的求婚了。此外，你知道你想嫁给我。"

"我没有。"

"在九次半的失败之后还没有？一个男人能够在任何困境下帮你脱身，想想这种能贯穿你一生的安全感吧。"

玛丽在他有力的论据下显得有些软弱，但还是坚定地说："除非有人向我下跪求婚，否则我是不会嫁给他的。"

乔治看看她。她可真是个可爱的人儿啊。但是乔治还具有驴除了踢腿以外的其他特征，他同样坚定地说：

"跪在女人面前有失体面。我绝不会这么做。"

玛丽用迷人的惆怅语调说："真是遗憾。"

他们开车返回伦敦。乔治严肃而沉默。玛丽的脸藏在了帽子的边缘下。当他们经过海德公园角时，她轻声嘟囔道：

“你就不能跪在我面前吗？”

乔治坚定地回答：“不能。”

他觉得自己正在变成一个超人。她欣赏他的态度。但不幸的是，他怀疑玛丽是否也有固执的倾向。他突然停下车。

“等我一下。”他说。

他跳下车，折回他们刚刚经过的一辆卖水果的手推车旁边，然后立即返回，速度之快，令赶来质问他们为什么把车停在这里的警察都望尘莫及。

乔治继续开车，轻轻地把一个苹果扔到玛丽的膝盖上。

“多吃点水果，”他说，“也是有象征意义的。”

“象征意义？”

“对。原本是夏娃给亚当一个苹果。现在是亚当给夏娃一个苹果。明白了吗？”

“是的。”玛丽满腹狐疑。

“我应该把你送到哪儿？”乔治郑重其事地问道。

“请送我回家。”

他把车开到格罗夫纳广场的时候，脸上的表情全然无动于衷。他跳下车，绕过来帮她下车。她最后一次恳求他：

“亲爱的乔治——你就不能这么做吗？权当是让我高兴？”

“不行。”乔治说。

就在这时，乔治突然脚下一滑，他试图恢复平衡，可没有成功。他跪在了她面前的泥土里。玛丽发出一声欢快的尖叫，鼓起了掌。

“亲爱的乔治！现在我愿意嫁给你。你可以直接去兰贝斯宫与坎特伯雷大主教安排婚礼了。”

“我不是有意这么做的。”乔治气冲冲地说，“是因为一个香……嗯……一块香蕉皮。”他拿着“罪魁祸首”申辩道。

“没关系，”玛丽说，“反正已经发生了。如果以后我们吵架，你嘲笑说是我向你求的婚，我就可以回嘴说是你跪在地上求我嫁给你的。而且都是因为那块该受祝福的香蕉皮！你是想说那是块该受祝福的香蕉皮吗？”

“差不多吧。”乔治说。

2

那天下午五点半，里德贝特先生被告知他的外甥打电话来说想要过来看望他。

“来赔罪的。”里德贝特先生自言自语道，“我敢说，我对他太严厉了，但这都是为了他好。”

他命令让乔治进来。

乔治步履轻快地走进来。

“我来是想跟您说几句话，舅舅，”他说，“您今早对我太不公平了。我想知道，在我这个年纪，您是否能在被亲戚抛弃的情况下，来到大街上，在十一点十五分到五点三十分的时间里获得一份一年两万英镑的收入。这就是我所做的事！”

“我的孩子，你疯了吧？”

“我没疯，是聪明才智！我就要迎娶一位年轻、富有、美丽的社交名媛。此外，她还因为我抛弃了一位公爵。”

“为了钱娶一个姑娘？我可真没想到这事儿能发生在你身上。”

“你是对的。我可能永远不敢去向她求婚，如果她不是——非常幸运——先向我求婚的话。她后来退缩了，但是我让她改变了想法。舅舅，您知道这些都是怎么发生的吗？靠我明智地花了两便士，还有抓住了金色的机遇。”

“什么两便士？”里德贝特先生问道，他一听到钱就来了兴致。

“一根香蕉——手推车上掉下来的。可不是每个人都能想到那根香蕉。上哪里可以领到结婚证？是律师公会还是兰贝斯宫？”

王公的绿宝石

经过一阵认真的努力，詹姆斯·邦德将他的注意力再次放到手里的这本黄色小册子上。书封上印着一行简洁却诱人的说明：“你想要工资每年增加三百英镑吗？”书的定价是一先令。詹姆斯刚刚读完两页，那些简短干脆的段落教会他如何看老板的脸色，怎么养成精力充沛的个性，如何营造一种有效率的氛围。他刚刚读到一个敏感的话题：“有的时候应该坦率，有的时候应该慎重。”黄色小册子如是说。“一个强大的人不会总是将他知道的事情脱口而出。”詹姆斯合上小册子，抬起头，盯着外面广阔的蓝色大海。一丝恐怖的疑云袭上心头，他不是一个强大的人。一个强大的人可以控制住目前的形势，而不是成为其受害者。这天早上，詹姆斯第六十次念叨自己的失误。

这是他的假期。他的假期？哈，哈！讽刺的笑声。是谁劝说他来这个时髦的海滨度假胜地——海上金普顿的？是格蕾丝。是谁让他超额消费的？是格蕾丝。而且他居然热切地同意了。她把他弄到这里，可结果如何呢？当他待在一栋距离海滨一英里半的不起眼的公寓里时，格蕾丝应该和他待在相似的公寓中才对（不是同一间——詹姆斯的生活圈子十分保守），但她却公然抛弃他，居住在海滨的埃斯普拉奈得宾馆中。

看起来她在那里有朋友！朋友！詹姆斯再次冷笑起来。他的思绪回到了过去三年对格蕾丝悠闲从容的求爱阶段。当他第一次唯独对她另眼相看时，她欣喜异常。那一切都发生于她在位于商业街的“巴特尔斯先生”女帽店沙龙一举成名之前。在那些早年时光里，詹姆斯可谓神气活现，现在，呜呼哀哉！形势已经逆转。格蕾丝，用行话来说就是“挣大钱的”。这让她非常自负。是的，就是自负，彻头彻尾的自负。某本诗集中令人困惑的只言片语又浮现在詹姆斯的脑海中，大致是说“感谢上帝，赐给我一个好男人的爱，我要为此斋戒”[①]。但是在格蕾丝身上完全看不到这样的东西。在享用埃斯普拉奈得宾馆的早餐之时，她完全忽视了一个好男人的爱。事实上，她正在接受一个有毒的白痴——克劳德·索普沃斯的殷勤。这个人，詹姆斯确信他毫无道德可言。

詹姆斯把一只鞋跟在泥土上蹭了蹭，皱着眉头瞭望地平线。海上金普顿。究竟是什么吸引他来到这儿？对于富人和时髦人来说，这是个绝妙的度假胜地，这里有两家大型宾馆，还有绵延数英里的风景如画的独栋平房，分属于那些时髦的女演员、有钱的犹太人，以及娶了有钱太太的英国贵族们。这里最小的平房，摆上家具，一周的房租就要二十五畿尼。难以想象那些大点的房子的租金会是多少。就在詹姆斯的背后，就有一栋这样的宫殿。它的主人是著名运动员爱德华·坎皮恩勋爵，而且此时此刻，那里贵客济济，其中包括那位富可敌国的马拉普特纳王公。那天早晨，詹姆斯已经在当地周报上读到有关他的一切：他在印度的丰厚财产，他的宫殿，他收集的精美珠宝，文中还

①出自莎士比亚的《皆大欢喜》（*As You Like It*）第三幕第五场。

特意提到了一块著名的绿宝石，报纸热情洋溢地宣称它的尺寸同鸽子蛋一般大。詹姆斯长在城镇，对鸽子蛋的大小并不清楚，但是留在他心中的印象却是美好的。

“如果我有一块那么大的绿宝石，”詹姆斯说道，再次皱眉望向地平线，“我会让格蕾丝看看。”

这种伤感有些蒙眬，但是宣泄出来后让詹姆斯觉得好受了些。有笑声从他身后传来，他猛地转过身来，正碰上格蕾丝。和她一起的还有克拉拉·索普沃斯、爱丽丝·索普沃斯、多萝西·索普沃斯和——哎呀！克劳德·索普沃斯。女孩子们正手挽手地咯咯笑着。

“哎，你可真是个怪人。”格蕾丝顽皮地喊道。

“是啊。”詹姆斯说。

他心里琢磨自己本该找到一句更有力的话来反驳。因为仅仅用一个“是啊”无法表现出充满活力的个性。他十分厌恶地盯着克劳德·索普沃斯。克劳德·索普沃斯就像是音乐喜剧中穿着华丽的主人公一般。詹姆斯十分渴望这时候能有一条热情的沙滩狗把它潮湿的、沾满沙子的前爪扑在克劳德干净雪白的法兰绒裤子上。他自己穿的是一条耐穿的深灰色法兰绒裤子，这条裤子见证了之前那些美好的日子。

“这里的空气多清新啊！”克拉拉说道，赞赏地深呼吸，“非常提神，不是吗？”

她咯咯地笑着。

“是臭氧，”爱丽丝·索普沃斯说，“就像补品一样好，你知道。”然后她也咯咯地笑起来。

詹姆斯想：

“我应该把她们的蠢脑袋撞到一起。她们一直都在笑什么？根本就没说什么有趣的事啊。”

一尘不染的克劳德无精打采地低声说：

“我们要不要去游游泳，或者这么做太累人了。”

去游泳的主意被尖叫着接受了。詹姆斯也加入了他们的队伍。他甚至还略施小计，拉着格蕾丝稍稍落于人后。

“听着！”他抱怨道，“我最近几乎都见不到你。”

“嗯，我很确定我们现在是在一起。”格蕾丝说，“而且你可以来宾馆跟我们一起共进午餐，最起码——”

她迟疑地看着詹姆斯的裤子。

“怎么了？”詹姆斯气势汹汹地质问，“我猜是我穿得不够潇洒，配不上你？”

“我确实觉得，亲爱的，你应该多下点功夫。”格蕾丝说，“这里的每个人都非常潇洒。看看克劳德·索普沃斯！”

“我已经看过他了，”詹姆斯冷冷地说，“我从来没见过一个人看上去比他还要蠢。”

格蕾丝挺直身体。

“没有必要这样挑剔我的朋友，詹姆斯，这不礼貌。他的穿着打扮和宾馆中任何一位绅士一样。”

“呸！”詹姆斯啐道，“你知道我前两天在《社会简闻》上读到了什么吗？哦，什么公爵——某公爵，我记不住了，但就是一个公爵，他是英格兰穿着品位最差的，你瞧！”

“我相信，”格蕾丝说，“但是，你看，他是个公爵。”

“那又怎样？”詹姆斯质问道，“我要是有朝一日做了公爵呢？至少，好吧，可能不是公爵，也是贵族。”

他拍了拍兜里的黄色册子，然后背诵了一长串国内贵族的名字，这些人的出身要比詹姆斯·邦德贫寒得多。格蕾丝只是咯咯地笑。

“别头脑发昏了，詹姆斯。”她说，“不如幻想你是海上金普顿的伯爵吧！”

詹姆斯愤怒且绝望地盯着她。海上金普顿的风肯定吹进了格蕾丝的脑袋里。

金普顿的海滩绵长而平坦。一长排更衣棚均匀地沿着海边分布，他们在一排六间更衣棚前停了下来，上面都醒目地标着“仅供埃斯普拉奈德宾馆的游客使用”。

“我们到了。”格蕾丝欢快地说，“但是恐怕你不能跟我们一起进去了，詹姆斯，你得去那边的公共更衣篷。我们海里见。再见！”

“再见！”詹姆斯说着，大步朝指示的那个方向走去。

十二间破旧的棚子肃穆地面朝大海。一个年老的水手在一侧看守，手里拿着一卷蓝色的纸。他接过詹姆斯给的一枚硬币，从纸卷上扯下一张蓝色的票，扔给他一条毛巾，然后用拇指向肩膀后指指。

“排队等着。”他嘶哑地说。

就在此时，詹姆斯意识到了竞争的事实。除他本人以外的其他人也都怀着想要下海的想法。不仅每个帐篷都有人占据，而且每个帐篷外都有神色坚定的人们在彼此瞪眼。詹姆斯排在最少的一队人后面等着，帐篷的线绳一分，一个漂亮的年轻女人出现在眼前，她穿得很少，在调整自己的泳帽，好像有整个早晨的时间可以浪费。她漫步到水边，陶醉地坐在沙滩上。

“这可不好。”詹姆斯自言自语道，然后立刻就加入了另一队。

五分钟之后，第二个帐篷里的动作声侧耳可闻。随着喘息声和用力声，门帘拉开，四个孩子和一对父母走出来。帐篷那么小，看起来就像变戏法一般。立刻就有两个女人向前一跃，每人抓住了帐篷的一片门帘。

“对不起。”第一个年轻女人说，微微有些气喘。

“对不起。”另一个年轻女人瞪着眼睛说。

“我想让你知道，我比你早到这里十分钟。”第一个年轻女人飞快地说。

“人人都可以告诉你，我已经在这里等了整整一刻钟。”第二个年轻女人不买账。

“喂，喂。”老水手走了过来。

两个年轻女人都冲他尖声喊叫。当她们叫完之后，老水手用大拇指冲着第二个年轻女人一指，简短地说：

“该你了。”

随后他转身离去，对抗议声充耳不闻。他不知道，也不在乎谁是先到的那个，但他的决定，就像报纸上登载的比赛结果一样，是最终的。绝望的詹姆斯一把抓住了他的胳膊。

“喂！听我说！”

“什么事，先生？”

“我还要多久才能等到一个帐篷？”

老水手毫无感情地瞥了一眼排队的人流。

“可能一个小时，可能一个半小时，我说不准。”

就在此时，詹姆斯看到格蕾丝和索普沃斯家的姑娘们正轻松地奔下沙滩向大海跑去。

“该死的！”詹姆斯自言自语，“哦，该死的！”

他再次拉住了老水手。

“我不能在别的地方找个帐篷吗？这边的棚屋行吗？里面似乎都是空的。”

“那些棚屋，”老水兵郑重其事地说，“是私人的。”

他申斥完以后就离开了。詹姆斯感觉自己受到了捉弄。他从等待的人群中脱身出来，沿着海滩狂奔而去。这是歧视！这是纯粹、彻底的歧视！他怒视着途经的一间间整齐的更衣棚，此时此刻他从一名无党派人士变成了激进的社会主义者。为什么有钱人就能有更衣间，不必排队就能在任何时候下海游泳？“我们的制度，”詹姆斯含糊地说，“全都错了。”

从海上传来女人风骚的尖叫声。是格蕾丝！盖过她喊叫的，是克劳德·索普沃斯“哈，哈，哈”的傻笑声。

“混蛋！”詹姆斯咬紧牙关说。他从未这般咬牙切齿过，只是曾经在小说里面读到而已。

他停下脚步，粗野地转动着手中的棍子，然后坚定地转身背对大海。他将所有的敌意都凝注在“鹰巢”“布埃纳维斯塔”和“我的愿望”[①]上。海上金普顿的居民们习惯给自己的更衣棚起一些花哨的名字。“鹰巢”在詹姆斯看来愚不可及，“布埃纳维斯塔”又远远超出了他的语言能力范围。但是他的法语水平足以让他明白第三个名字的恰如其分。

“我的愿望，”詹姆斯说，“我确实觉得这就是我的愿望。”

这时，他看到其他更衣棚的门都紧紧关着，但是“我的愿望”的门却半开。詹姆斯若有所思地左右瞧了瞧海滩，那儿多是一些大家庭的母亲们，她们正忙于照看自己的孩子。现在才十点钟，离海上金普顿的贵族们出来游泳的时间还早。

“很可能那些人还躺在床上，吃着仆人用盘子端来的鹌鹑和蘑菇呢，呸！不可能有人在十二点之前来这儿。”詹姆斯想道。

---

①原文为法语。

他再次看向大海。如同训练良好的主乐调一样，格蕾丝的尖叫声从空中飘来，紧随其后的就是克劳德·索普沃斯的“哈，哈，哈”。

“我会的。”詹姆斯从牙缝里挤出这几个字。

他推开“我的愿望”的屋门走进去。看到各式各样挂在挂钉上的衣服，他先是蓦然一惊，随即很快放下心来。棚屋被隔成了两间，右手边的挂钉上是女孩子的黄色运动服、磨损的巴拿马草帽和一双沙滩鞋。左手边是一条旧的灰色法兰绒裤子、一件套衫和一顶防水帽，这表明屋内是男女分开使用。詹姆斯匆匆来到男士那边，迅速更换了衣服。三分钟之后，他已经在大海中畅快地吸气呼气，做着需要瞬间爆发力的职业泳式——头潜在水下，双臂在海中摆动——就是那种姿势。

“哦，你来了！”格蕾丝叫道，“我还以为那边等的人那么多，你得好久才能过来呢。”

“真的吗？”詹姆斯说。

他想起那本自己一直喜爱的黄皮小册子上所说：“一个强大的人偶尔也会谨慎行事。”这一刻，他克制住了自己的脾气。他以愉快却坚定的语气对正在教格蕾丝泳势的克劳德·索普沃斯说：

“不，不，老伙计，你全都弄错了，我来教她。”

他的语气是那么自信，克劳德不得不狼狈地退到一旁。唯一遗憾的是，他的胜利很短暂。英格兰的水温不允许人们在里面待太久。格蕾丝和索普沃斯家的姑娘们已经下颌发青，牙齿打战。他们跑上沙滩，詹姆斯独自回到了“我的愿望”。他使劲用毛巾擦身，随后套上衬衫，感到心满意足。他觉得自己已经展现出了精力充沛的个性。

突然，他停下一切动作，被吓呆了。棚外传来女孩子的声音，而且和格蕾丝以及她那些朋友们的声音完全不同。很快，他意识到了事情的真相，“我的愿望”的合法主人来了。如果詹姆斯穿戴齐整，那他还有可能庄重地等在这里，然后尝试做出解释。可他现在已经慌了手脚。“我的愿望”的窗户被深绿色的窗帘恰如其分地遮掩着。詹姆斯猛地冲到门边，死死地握住门把手。门外有人徒劳地想要转动把手。

“锁上了。”是一个女孩的声音，“我记得佩格说这里的门是开着的。”

“不，是沃格说的。”

“沃格太过分了。”另一个女孩说，“真糟糕，我们得回去取钥匙。”

詹姆斯听到她们的脚步声渐渐远去。他长长地、深深地吸了口气，匆匆忙忙地套上其他衣服。两分钟后，他放松地在海滩上散步，一副若无其事的样子。十五分钟后，格蕾丝和索普沃斯家的姑娘们和他在海滩上会合。剩余的早晨时光都在扔石子、沙滩上写字和轻嬉戏打闹中度过。随后，克劳德看了一眼手表。

“该吃午饭了，”他说，“我们最好还是回去吧。”

“我饿坏了。”爱丽丝 · 索普沃斯说道。

其他的女孩子们也都纷纷说自己饿坏了。

“你来吗，詹姆斯？”格蕾丝问。

毫无疑问，詹姆斯正在气头上。他开始挑剔起她的语调。

“我的衣服配不上你，”他不痛快地说，“也许，是因为你太出众了，我最好还是不去了。”

这是针对格蕾丝的低声抗议，但是海边的空气让格蕾丝感觉不舒服，她没有觉察出来。她只是回答：

“很好。就如你所愿，下午再见。”

詹姆斯被单独留在原地发愣。

“哎！”他盯着离开的那队人说，“哎，所有的——”

他闷闷不乐地走回镇上。海上金普顿有两家餐馆，里面都很炎热、吵闹，而且人满为患。这次又像更衣棚一般，詹姆斯不得不排队等候。结果他不得不等待更长的时间，面前刚刚出现一个空位，一位刚到的老妇人就肆无忌惮地抢在了他前面。最后，他在一张小桌前坐下。他的左耳边有三个头发剪得参差不齐的少女正在喋喋不休地讨论意大利歌剧。幸好詹姆斯对音乐一窍不通。他漠然地打量了一下菜单，双手深深插进口袋中。他心想：

“无论我需要什么，结果都是‘没有’。我一向这么倒霉。”

他的右手在口袋中摸索着，触到了一个异样的东西。它感觉像是一块卵石，一块又大又圆的卵石。

“我为什么会把一块石头放在口袋里？”詹姆斯心想。

他用手指抓住它。这时，一个女服务员飘然而至。

“请给我来些炸比目鱼和土豆条。”詹姆斯说。

“炸比目鱼没有了。”服务生低声说道，她的眼睛茫然地盯着天花板。

“那么请来点咖喱牛肉。”詹姆斯说。

“咖喱牛肉也没有了。”

“那这份该死的菜单上到底还有没有不是没有的东西？！”詹姆斯质问道。

服务员看上去很不好受，她用一根灰白色的手指戳在“红烩羊肉”上。詹姆斯无可奈何地只能点它。他心中还在生这家餐馆的气，他把手伸出口袋，手中抓着那块石头。他张开手掌，漫不经心地去看手里的东西。随即，他吃了一惊，那些小事都被抛诸脑后，他瞪大了眼睛。他手里拿着的不是什么卵石，而是——他几乎毫不怀疑——一块绿宝石，一块硕大的绿宝石。詹姆斯吓坏了，紧紧盯着它。不，这不可能是绿宝石，这肯定是块彩色玻璃。不可能有这么大的绿宝石，除非——印刷字在詹姆斯眼前跳动："马拉普特纳王公——著名的鸽子蛋绿宝石"。这是——可能是——他正在看着的这块绿宝石吗？服务员端来了红烩羊肉，詹姆斯合上抽搐的手指。脊梁骨一阵冷一阵热。他意识到自己已经陷入了一种可怕的两难境地。如果这是那块绿宝石——但它是吗？可能是吗？他松开手指，紧张地偷窥着。詹姆斯对宝石并不在行，但是它颜色的浓度和光芒让他确信这就是那块真品。他把双肘支在桌子上，向前探身，失神地盯着眼前的红烩羊肉慢慢地在碟子里凝结成块。他不得不把事情搞明白。如果这真是王公的绿宝石，该怎么办呢？"警察"这个词在他的脑海中一闪。如果一个人找到了什么贵重的东西，应该把它交到警察局。詹姆斯正是听着这种训诫被教育长大的。

是的，但是——究竟为什么绿宝石会进自己的裤兜里呢？无疑警察会问这个问题。这也是个令人难堪的问题，而且这个问题到此刻还没有答案。绿宝石是怎么跑到他的裤兜里的？他绝望地看着自己的双腿，然后一丝疑虑掠过心头。他凝神细看。这是一条旧的灰色法兰绒裤子，和另一条旧的灰色法兰绒裤子十分相像，但是，詹姆斯依旧有一种直觉——这不是他的裤子。他靠在椅背上，对自己的发现大吃一惊。他现在才明白发生了什么。在他匆匆忙忙离开更衣棚的时候，他拿错了裤子。他记得，他把自己的裤子挂在了另一条旧裤子的旁边。是的，如此便能解释整件事情，他拿错了裤子。但下面这个问题依旧存在：究竟这块价值连城的绿宝石为什么会在那里？他越想越觉得奇怪。当然，他会向警察解释——

这事儿很尴尬，毫无疑问，十分尴尬。这里必须提及一个事实，他故意闯入了别人的更衣棚。当然，这并不是什么严重的过失，但是会让他从一开始就蒙羞。

“您还需要其他什么吗，先生？”

又是刚才那个服务员。她目光锐利地盯着他的红烩羊肉。詹姆斯匆匆夹了一些放到自己的盘子里，然后要求结账。他拿到账单，付了钱走出门。他犹疑地站在街上，对面的一张海报吸引了他的眼球。临近的多尔切斯特镇有一家晚报，詹姆斯看的正是这家报纸的目录。上面宣布了一条简短、轰动的消息：“王公的绿宝石被盗。”“我的上帝。”詹姆斯虚弱地说道，侧身倚靠在一根柱子上。他打起精神，掏出一个便士买了份报纸。他没费什么工夫就找到了他要找的东西。当地新闻少有如此轰动的消息。头版登载着大字标题：“爱德华·坎皮恩勋爵家中发生耸人听闻的盗窃。著名的绿宝石失窃。马拉普特纳王公损失惨重。”事实简单明了。爱德华·坎皮恩勋爵昨天晚上招待了几位朋友。由于王公想向一位女士展示一下这块宝石，便去拿取，然后发现宝石不见了。警察已经被召来。目前为止还没有发现任何线索。詹姆斯听凭报纸掉到了地上。他现在依旧不明白这块绿宝石是怎么跑到更衣棚中那条旧法兰绒裤子的兜里的。但是他时时刻刻都意识到，警察会怀疑他所说的话。他究竟要怎么办呢？他现在正站在海上金普顿的主干道上，口袋里优哉游哉地装着与国王的赎金等值的赃物，此时整个地区的警力都在忙于搜寻同一件赃物。他有两条路可以选择。第一条，直接走进警察局，讲述自己的故事——但是必须承认，詹姆斯害怕这么做。第二条路，就是想方设法摆脱这块绿宝石。他想到可以把它包裹在一个齐整的小包里，邮寄给王公。接着他摇了摇头，他在许多侦探小说里都读到过这个方法。他知道超级侦探可能会用放大镜和其他各种设备来搞清楚这件事。任何一名称职的警探都会对他的包裹进行检查，在半个小时内就能发现寄送人的职业、年龄、习惯和外貌。此后，用不了几个小时他就会被人擒获。

这时，一个简单的计划浮现在詹姆斯心中。现在正是午餐时间，相对来说海滩上人会比较少，他可以返回“我的愿望”，将裤子挂回原处，然后找回自己的衣服。他轻快地向海滩走去。

然而，他的良知还是感到隐隐作痛。这块绿宝石应该归还王公。他怀有一个想法，也许自己可以做些探查工作——一旦他换回自己的裤子之后。这么想着，他朝那名老水手走去，詹姆斯把他视为有关金普顿各种信息的无尽源泉。

“不好意思！”詹姆斯礼貌地说，“我的一位朋友，查尔斯·兰普顿先生，他在海滩上有一处更衣棚，叫‘我的愿望’。”

老水手正端坐在椅子上，嘴里叼着一只烟斗，凝视着大海。他挪动了一下烟斗，目光依旧盯着远处的地平线，答道：

“‘我的愿望’属于爱德华·坎皮恩阁下，人人都知道。我从未听说过查尔斯·兰普顿先生，他肯定是个新来的人。”

“谢谢。”詹姆斯说着便离开了。

这个消息让他感到震惊。当然，王公本人不可能将宝石装进口袋，然后将之遗忘。詹姆斯摇摇头，这个理论不能让他满意。但是显然，那场家庭派对上的某个人，就是小偷。眼下的情形使詹姆斯联想起许多他喜欢的侦探小说。

不管怎样，他的目标依旧没有改变。好在一切都轻而易举。海滩上正如他希望的那样，几乎没什么人。更幸运的是，“我的愿望”的门依旧半开着。转眼间，他已经溜进屋里，正要把自己的裤子从挂钩上拿下来。这时，一个声音突然从身后响起，他转过身来。

“我抓住你了，伙计！”这个声音说道。

詹姆斯张大嘴巴，瞪着眼睛。在“我的愿望”门口站着一个陌生人，他衣着体面，年约四旬，目光锐利如老鹰。

“我抓住你了！”陌生人重复说道。

“你——你是谁？”詹姆斯结结巴巴地问。

“苏格兰场的梅里利斯探长。”对方爽快地回答，“麻烦你交出那块绿宝石。”

“那块——那块绿宝石？”

詹姆斯试图争取时间。

“我已经说过了，不是吗？”梅里利斯探长说。

他说起话来干净利落，一本正经。詹姆斯强打起精神。

“我不知道你在说什么。”他摆出一副庄重的架势。

“哦，伙计，我想你明白我的意思。”

“整件事情，”詹姆斯说，“是一个误会。我可以简单地解释清楚——”他停顿下来。

对方面露厌烦之色。

“人们都这么说，”苏格兰场的探长冷冷地低声说道，“我想你是在海滩散步的时候捡到的，嗯？通常都是这类解释。”

要是解释起来确实很像，詹姆斯认清了现实，但是依旧在争取时间。

“我怎么知道你确实是警察呢？”他虚弱地质问。

梅里利斯将外套往后一扬，露出一枚徽章。詹姆斯盯着他，眼睛差点瞪出眼眶。

“现在，”对方和蔼地说，“你明白自己在和谁作对了！你是个新手——我看得出来。这是你第一次干这种活儿，不是吗？”

詹姆斯点点头。

“我也这么想。现在，伙计，是你把绿宝石交给我，还是我搜你的身？”

詹姆斯总算说出话来。

“我——我没带在身上。”他说。

他正在拼命思考。

“留在你的住处了？”梅里利斯询问道。

詹姆斯点点头。

“很好，那么，”探长说，“我们就一起去拿。”

他挽住詹姆斯的胳膊。

“我可不能让你有机会跑掉，”他温和地说，“我们去你的住所，然后你把宝石交给我。”

詹姆斯说话语调不定。

“如果我照办，你会放我走吗？”他战战兢兢地问道。

梅里利斯看上去有些局促不安。

“我们知道宝石是如何被偷走的，”他解释道，“以及与这件事有牵连的女士的情况。当然，就目前而言——好吧，王公不希望这事被张扬出去。你了解这些当地的统治者吗？”

詹姆斯对当地的统治者一无所知，除了这件轰动一时的案件。他点点头，现出一副心领神会的样子。

“这不合规矩，当然。”探长说，“但是你会平安无事。”

詹姆斯再次点点头。他们已经走过埃斯普拉奈德宾馆，正在进镇。詹姆斯指示了方向，但是对方却片刻不放地紧紧抓住詹姆斯的手臂。

突然，詹姆斯犹豫起来，欲言又止。梅里利斯目光犀利地看着他，然后笑起来。原来他们正好经过警察局，他注意到詹姆斯正痛苦地扫视里面。

“我给你一次机会。”他和颜悦色地说道。

就在这时，詹姆斯突然抓住对方的胳膊，高声尖叫：

“来人！抓贼。来人！抓贼。”

不到一分钟，他们就被人群包围。梅里利斯试图把自己的胳膊从詹姆斯手中挣脱出来。

“我要控告这个人，”詹姆斯叫道，“我要控告他，他偷了我的钱包。”

“你这个傻瓜，你在说什么？”对方喊道。

一名巡官走上前处理这件事。梅里利斯和詹姆斯被带进了警察局。詹姆斯反复重申他的控诉。

“这个人刚刚偷了我的钱包。”他激动地声称，“就装在他右边的口袋里，那里！”

“这人是个疯子，”对方发着牢骚，“你可以自己看，巡官，看看他说的是不是真话。”

在探长的示意下，那名巡官将手小心翼翼地插进梅里利斯的口袋中。他取出一样东西，然后吃惊地倒抽一口凉气。

“我的上帝！”巡官不顾职业礼节喊了出来，“这一定是王公的绿宝石。”

梅里利斯看上去比任何人都更难以置信。

“这太离奇了，”他急促地说，“简直不可思议。一定是这个人在我们一起走路的时候把它塞进了我的口袋。这是栽赃。”

梅里利斯强有力的个性使得巡官开始动摇。他转而开始怀疑詹姆斯。他对巡官耳语了几句，后者随即走了出去。

“现在，先生们，”巡官说，“让我来听听你们的说法，一个一个说。”

“没问题。”詹姆斯说，“我正在海滩上散步，然后遇到了这位先生，他谎称认识我。我不记得我曾经见过他，但是出于礼貌，我没有这么说。我们一起散步。我对他起了疑心，就在我们走到警察局对面时，我发现他正把手伸进我的口袋里。于是我抓住他大声求助。”

巡官将目光移向梅里利斯。

“现在轮到你了，先生。”

梅里利斯看上去有些困窘。

“情况差不多是这样，”他慢慢说道，“但也不完全是。不是我跟他套近乎，而是他想方设法接近我。毫无疑问，他想摆脱这块绿宝石，于是就偷偷地在我们说话的时候把它塞进了我的口袋。”

巡官停下了手里的笔。

“啊！”他公正地说，“好吧，过一会儿会有一位绅士来这里帮助我们搞清楚这件事。”

梅里利斯皱起了眉头。

“我真的没法再等了，”他低声说道，看了看手表，“我还有一个约会。当然，巡官，你还不至于荒唐地认为是我偷了这块绿宝石，然后就放在兜里出门散步吧？”

“是不太可能，先生，我承认。”巡官回答说，“但你还是要再等上五到十分钟，直到我们把事情弄明白。啊！勋爵阁下到了。”

一名高个子、四十岁光景的男人阔步走进房间。他穿着一条破旧的裤子和一件旧运动衫。

“好了，巡官，这是怎么回事？”他说道，“你说你找到了绿宝石？好极了，干得不错。这些是什么人？”

他的目光扫过詹姆斯，落在梅里利斯身上。后者强悍的个性似乎变得畏缩起来。

“啊——琼斯！”爱德华·坎皮恩勋爵大声喊道。

“您认识这个人，爱德华勋爵？”巡官敏锐地问道。

“当然认识，”爱德华勋爵冷冰冰地说，“他是我的贴身男仆，一个月之前到我这里工作。那些从伦敦来的警察立刻就把注意力放到了他身上，但是他的行李中丝毫没有绿宝石的踪影。”

“他把它装在了外套口袋里，”巡官声明，“这位先生帮我们抓到了他。”他指了指詹姆斯。

接下来，詹姆斯受到了热烈的祝贺，并且被握住了手。

“我亲爱的伙伴，”爱德华·坎皮恩勋爵说，“那么你一直都在怀疑他？”

“是的，”詹姆斯说，“我不得不捏造一个故事，说他偷了我的钱包，这才把他带进了警局。”

“好吧，很精彩，”爱德华勋爵说，“十分精彩。你一定要过来和我们共进午餐，如果你还没有吃饭的话。时间有点晚，我知道，快两点了。”

“不，”詹姆斯说，“我还没有吃午饭——但是——”

“什么都别说了，别说了，”爱德华勋爵说，“王公，你知道，想要为找回绿宝石向你致谢。我还没有听你详细讲述故事的经过。”

现在他们已经走出警察局，站在台阶上。

“事实上，”詹姆斯说，“我想我应该告诉你这件事情的真相。”

他确实这么做了。勋爵阁下对此十分感兴趣。

“这是我这辈子听到的最美妙的故事，”他宣称，“我现在都明白了。琼斯一定在偷了东西后匆忙赶到了更衣棚里，因为他知道警察一定会彻底搜查房子。我有一条偶尔外出钓鱼时穿的旧裤子，没人会去碰它，所以他可以在有空的时候再把宝石取回来。他今天去了以后，发现宝石不见了，一定大吃一惊。你一出现，他就意识到是你拿走了宝石。只是我依旧不太明白，你是怎么发现他的警察身份是伪装的。”

“一个强大的人，”詹姆斯心想，“知道什么时候应该坦诚，什么时候应该慎重。”

他不以为然地笑笑，手指轻轻地滑过外套翻领的里侧，触摸一枚小小的银色徽章，这属于一家默默无闻的俱乐部——莫顿公园超级自行车俱乐部。真是惊人的巧合，那个叫琼斯的男人也是俱乐部成员，确实如此。

“喂，詹姆斯！”

他转身过来。格蕾丝和索普沃斯家的姑娘们正在街对面喊他。他转身面对爱德华勋爵说：“能等我一下吗？”

他穿过马路向她们奔去。

“我们要去看电影，”格蕾丝说，“想着你可能也想去。”

“对不起，”詹姆斯说，“我要回去和爱德华·坎皮恩勋爵共进午餐。是的，就是那个穿着舒服的旧衣服的男人。他想要带我见见马拉普特纳王公。”

他礼貌地举起了帽子，然后返身向爱德华勋爵走去。

最后的演出

1

伦敦一个五月的上午，十一点钟。科文先生正探头向窗外张望，在他身后是里茨饭店套间里装饰华丽的起居室。这个套间是为那位著名的歌剧明星宝拉 · 娜扎科夫夫人预留的，她刚刚抵达伦敦不久。科文先生是这位夫人的首席商业代理人，他正等着会见夫人。门打开时，他猛然回过头，但进来的只是里德小姐，宝拉 · 娜扎科夫夫人的秘书。她十分能干，但此刻面色苍白。

"哦，是你呀，亲爱的。"科文先生说，"夫人还没有起床，嗯？"

里德小姐摇了摇头。

"她告诉我十点钟来，"科文先生说，"我已经等了一个小时了。"

他既没有表现出不满，也没有表现出惊讶。科文先生已真正习惯了艺术秉性的变幻莫测。他个子很高，胡子剃得干干净净，戴着有框眼镜，衣着干净体面。他的头发乌黑油亮，牙齿洁白得闪闪发光。他说话时，s 音发得有些含混不清。无需多少想象力就能猜到他父亲的名字可能就是科文。就在这时，房间另一侧的门开了，一个苗条的法国女孩匆匆走了进来。

“是不是夫人正在起床？”科文满怀希望地问，“告诉我们，埃莉斯。”

埃莉斯立刻扬起双手。

“夫人今早就像是着了魔，对什么事都不满意！先生昨晚送给她美丽的黄玫瑰，对此她说这在纽约还说得过去，但是在伦敦，只有傻瓜才会送。她说，在伦敦只有红玫瑰才行。她随即打开房门，把黄玫瑰都猛摔在走廊上，正好砸在一位先生身上，我想那是位行伍出身的绅士，他自然很生气，真是的。”

科文抬了抬眉毛，没有流露出任何情感。然后他从口袋里掏出一本小备忘簿，用铅笔写上了“红玫瑰”。

埃莉斯从另一扇门匆忙离开，科文再次回到窗前。薇拉·里德坐在桌前开始拆封信件并把它们分类处理。十分钟静悄悄地过去，然后卧室的门突然开了，宝拉·娜扎科夫风风火火地走进房间。她立刻使得这个房间变小了些，薇拉·里德看上去更加面无血色，科文也缩成了背景之中的一个身影。

“啊，哈！我的孩子们，”这位歌剧女主角说，“我很准时，对不对？”

她是个高个子女人，就歌唱家而言，也并不算过分肥胖。她的胳膊和腿依旧苗条，脖子仿佛精美的圆形石柱一般。她的头发盘成大卷，散在脑后，闪烁着深红的光芒。如果说这色泽至少部分归功于染发剂的话，效果可毫不逊色。她已不再年轻，至少有四十岁，但是她脸蛋的线条依旧可爱，尽管皮肤有些松弛，在一闪一闪的黑眼睛周围起了皱纹。她笑起来像个孩子，消化能力极好，脾气就像是魔鬼一样。她是公认的最伟大的歌剧女高音。她径直走向科文。

“你是否已经完成我吩咐的事？你是不是已经把那台令人厌恶的英国钢琴搬走，且扔进了泰晤士河？”

“我给你另外找了一台。”科文说着，用手指了指屋角。

娜扎科夫奔了过去，掀开琴盖。

“是一台埃拉德[1]，”她说，“不错。现在让我们来试试。”

美妙的女高音唱出一个琶音，随着音阶轻快地起伏两次，接着轻柔地升入高音，一直持续，而且音量越来越大，接着重新归于柔和，减弱至无声。

“啊！”宝拉·娜扎科夫天真而满足地说，“多么美妙的嗓音啊！就算是在伦敦，我的嗓音也算得上优美。”

“确实如此，”科文同意道，并衷心向她表示祝贺，“而且整个伦敦都为你倾倒，正如在纽约那样。”

“你真这么想？”歌唱家问道。

她的嘴唇浮现出一丝微笑，显然，对她来说这种赞扬像家常便饭。

“当然。”科文说道。

宝拉·娜扎科夫合上琴盖，迈着缓慢而起伏的步调走到桌旁，这种步伐在舞台上被证明很有效。

“好吧，好吧，”她说，“我们来说正事吧。你已经做好一切准备了是吗，我的朋友？”

科文从放在椅子上的公文包里拿出几张纸。

“没有改动太多，”他说道，“你将在考文特花园皇家歌剧院演出五

---

① Erard，起源于十七世纪，由法国钢琴设计大师巴斯蒂安·埃拉尔所创立，是世界最著名的钢琴品牌之一。

次，三次演唱《托斯卡》[①]，两次演唱《阿依达》[②]”

“《阿依达》！呸！”歌剧女主角说，“太让人讨厌了。《托斯卡》，那就不一样了。”

“哦，是的，”科文说，“那就是你的角色。”

宝拉·娜扎科夫女士挺直了身体。

“我是世界上最伟大的托斯卡。”她简单地说道。

“的确如此。”科文赞同道，“没有人能望您项背。”

“罗斯凯利会演唱斯卡比亚[③]这个角色吧，我猜。”

科文点点头。

“还有爱弥儿·里皮。”

“什么？”娜扎科夫尖叫了一声，“里皮，那只丑陋的剥皮小青蛙，咕呱——咕呱——咕呱。我不要和他一起演出，我会咬他，抓花他的脸。”

“好，好。”科文安慰道。

“他不会唱歌，我告诉你，他只是一只爱叫唤的杂种狗。”

“好了，答案很快就会揭晓的。”科文说。

他很聪明，根本不与喜怒无常的歌唱家争辩。

“卡瓦拉多西[④]呢？”娜扎科夫问道。

“美国的男高音，汉斯戴尔。”

她点点头。

“他是个不错的小男孩，唱腔很优美。”

---

① *Tosca*，G．普契尼创作的意大利歌剧。共三幕，作于一九〇〇年，同年在罗马首演。

② *Aida*，意大利作曲家朱赛佩·威尔第创作的四幕七景歌剧。一八八〇年于巴黎首演。

③ Scarpia，《托斯卡》中的总警督，男中音。

④ Cavaradossi，《托斯卡》中的画家，男高音。

“而且，我想巴雷尔也要唱一次。”

“他是一名艺术家。”夫人大方地说道，“但是让那只呱呱叫的青蛙来演斯卡比亚！呸——我不会和他一起唱的。”

“把这事交给我吧。”科文安慰道。

他清清喉咙，拿起另外一沓纸。

“我正为你安排阿尔伯特音乐厅[①] 的一场特别音乐会。”

娜扎科夫做了一个痛苦的表情。

“我知道，我知道，”科文说，“但是每个人都这么做。”

“我会表现得很出色，”娜扎科夫说，“而且到时候人会多得挤到天花板上去，我还会赚到更多的钱。就是这样！[②]”

科文再次摆弄纸张。

“这里有个与众不同的要求。”他说，“是罗斯顿伯里夫人提出来的。她想要你过去演唱。”

“罗斯顿伯里？”

这位首席女歌唱家眉头紧皱，就像在努力回忆着什么。

“我最近读到过这个名字，就在最近。这是个小镇——或者是个村庄，不是吗？”

“对，赫特福德郡的一个漂亮的小地方。至于罗斯顿伯里勋爵的住所，罗斯顿伯里城堡，那是幢十分古老的领地宅邸，那里有精灵和家族的画像，隐秘的楼梯，和一流的私人剧院。他们非常有钱，经常举办一些私人演出。她建议我们表演一出完整的歌剧，最好是《蝴蝶夫人》。”

---

①皇家阿尔伯特音乐厅（Royal Albert Hall），是位于英国伦敦西敏市区骑士桥的艺术地标。

②原文为意大利语。

“《蝴蝶夫人》？”

科文点点头。

“而且他们准备付大价钱。当然，我们先要搞定考文特花园皇家歌剧院，但即便如此，从金钱角度讲，也完全值得你做。皇室成员很可能到场。这是绝好的打广告机会。”

夫人抬起她依旧美丽的下巴。

“我需要打广告吗？”她傲慢地质问道。

“怎么称赞你都不过分。”科文毫不脸红地恭维道。

“罗斯顿伯里。”歌唱家低声叨咕着，“我在哪里见到过……”

她突然跳了起来，跑向屋子中央那张桌子，开始翻看放在那里的一张带有图片的报纸。她的手突然停了下来，目光停留在一个版面上，随后听凭报纸滑落在地。接着她缓缓地走回自己的座位。她的情绪突然变化，像是完全变了一个人。她的举止安详，甚至称得上严肃。

“做好一切去罗斯顿伯里的准备，我会去那里演唱，但是有一个条件——演唱的歌剧必须是《托斯卡》。”

科文面露疑虑。

“这可能会相当困难——对于私人演出来说，你知道，布景啊，以及其他一切。”

“要么演唱《托斯卡》，要么就不去。”

科文紧紧盯着她。对方的眼神使他信服，于是简单地点点头站起身来。

“我看看我能做些什么。”他平静地说道。

娜扎科夫也站了起来。要解释自己的决定，使她看上去比平时更加紧张不安。

“这是我最棒的角色，科文。我可以以其他女演员都没有演唱过的方式来演唱那个角色。”

“这个角色不错，”科文说，“耶丽查[①]去年就因为这个角色获得了巨大成功。”

“耶丽查！”歌唱家喊道，脸色泛红。她开始向他滔滔不绝地讲述自己对耶丽查的看法。

科文已经习惯于聆听歌唱家评价其他歌唱家，他的注意力一直在神游，直到长篇大论结束。然后他固执地说：

“不管怎样，她可以趴着演唱‘为了艺术’[②]。”

“为什么不呢？”娜扎科夫质问道，“是什么阻止了她？我能晃着双腿躺在地上唱呢。”

科文摇摇头，一副严肃认真的模样。

“我觉得这不会得到观众的任何回应。”他告诉她，“尽管如此，你知道，这种做法仍然很时兴。”

“没人可以像我那样演唱‘为了艺术’，”娜扎科夫自信地说，“我用修道院中的声音来演唱——就像多年前，好心的修女教我唱歌那样。用教堂唱诗班孩子或者天使的声音来唱，没有感觉，没有热情。”

“我知道，”科文发自内心地说，“我听到过，那实在是太棒了。”

“这就是艺术，”女歌唱家说，“要付出代价，要遭受痛苦，要忍受一切，最后不仅仅是得到知识，而且也会获得回到过去的力量，回到原初，重拾失去的童心之美。”

科文好奇地看着她。她的目光越过他，眼神里透出一种怪异、空洞的神色。这副表情让科文有些不寒而栗。她张开嘴，轻轻地说了几

---

①玛利亚·耶丽查（Maria Jeritza，1887—1982），捷克女高音歌唱家，二十世纪三十年代最受欢迎的歌唱家之一，曾经出演过《托斯卡》。

② Vissi D'Arte，《托斯卡》中的“为了艺术，为了爱情”的咏叹调。

句话。他刚刚能够听见。

“终于，”她低声说道，“终于——在这么多年之后。”

2

罗斯顿伯里夫人是个既富有雄心，又有艺术感的女人，她能够很成功地驾驭这两种品质。她的运气很好，她丈夫既没有雄心壮志，也不关心艺术，因此完全不会碍她的事。罗斯顿伯里伯爵魁梧健壮，只对马感兴趣。他崇拜自己的妻子，并以她为骄傲，而且他对自己丰厚的财富可以满足她沉迷于自己的各种安排感到高兴。那所私人剧院是不到一百年前他的祖父修建的。这是罗斯顿伯里夫人最主要的消遣——她已经在这里演出了易卜生的喜剧，以及一出超新流派的喜剧，戏剧中充满了离婚和毒品之类的情节，另外还有一出立体派舞台背景的诗意幻想剧。即将演出的《托斯卡》引起了广泛的兴趣。罗斯顿伯里夫人为此举行了一场非常盛大的家庭聚会，伦敦各界名流纷纷乘车赶来助兴。

娜扎科夫夫人及她的同伴正好在午餐会前赶到。那位美国新人男高音，汉斯戴尔，演唱卡瓦拉多西；罗斯凯利，那位著名的意大利男中音，演唱斯卡比亚。这场演出的花费十分高昂，但是没有人在乎这一点。宝拉·娜扎科夫心情好得不得了，她非常迷人、亲切，展现出令人愉悦又见识广阔的个性。科文感到很惊讶，祈祷这种状况可以持续下去。

午餐会结束后，一行人都去了剧场，检查布景和各种陈设。管弦乐队由萨缪尔·里奇指挥，他是英格兰最著名的指挥家。一切似乎都进展得很顺利，但是奇怪的是，这个事实让科文先生感到担心。他经常身处烦扰的氛围之中，这种反常的宁静使他感到困扰。

“一切都进展得太顺利了，”科文先生低声自言自语，“夫人就像是一只被喂了奶油的猫，这种情况持续不了太久，一定会有什么事情发生。”

也许是因为长期与歌剧界打交道，科文先生锻炼出了第六感，显然他的预感很有道理。当天傍晚，还不到七点钟，法国女仆埃莉斯就神色悲伤地跑来找他。

“啊，科文先生，快来，拜托你快来。”

“怎么了？”科文焦急地问道，“夫人因为什么事生气了——跟人吵架了，嗯，是吗？”

“不，不，不是夫人，是罗斯凯利先生，他病了，快要死了！”

“快要死了？哦，我现在就去。”

科文匆匆跟在她身后，走进患病的意大利人的房间。这个小个子男人正躺在床上，猛烈地扭来扭去，如果程度不这么严重的话，倒颇有些好笑的意味。宝拉·娜扎科夫正俯身在他身边，她匆忙向科文打了个招呼。

“啊！你来了。我们可怜的罗斯凯利，他难受得很。肯定是吃了什么东西。”

“我要死了，”小个子男人呻吟道，“疼死了——疼死了。哦！”

他再次扭动起来，双手捂着肚子，在床上翻来翻去。

“我们必须找个医生过来。”科文说。

他正要出门，宝拉一把拉住他。

“医生已经在路上了，他会为这个可怜的人竭尽全力的，都已经安排好了，但是罗斯凯利今天晚上不能演唱了。”

“我不能再唱了，我要死了。”意大利人呻吟道。

“不，不，你不会死的。”宝拉说，“你只是消化不良，但你确实没法唱歌了。”

“我中毒了。”

“是的，无疑是食物中毒，”宝拉说，“埃莉斯，陪着他，等医生来。”

歌唱家拉着科文来到门外。

“我们要怎么办？”她问道。

科文毫无希望地摇摇头。现在去伦敦找人来代替罗斯凯利先生已无可能。罗斯顿伯里夫人得知她客人的病情，立刻沿着走廊匆匆赶来。她跟宝拉·娜扎科夫一样，最关心的就是《托斯卡》能否成功演出。

“要是附近有什么人能代为演出就好了。”女高音叹息道。

“啊！”罗斯顿伯里夫人突然叫了一声，“当然有人！布雷恩。”

“布雷恩？”

“是的，爱德华·布雷恩，你知道，那位著名的法国男中音。他就住在附近，这个星期的《乡间家园》上登载了他的别墅照片。他正合适。”

“这可真是来自天堂的回复。”娜扎科夫叫道，“布雷恩扮演的斯卡比亚，我印象很深刻，这是他最伟大的角色之一。但是他已经隐退了，不是吗？”

“我会把他找来，”罗斯顿伯里夫人说，“这件事交给我吧。”

这位女士行事果断，她立刻乘坐希斯巴诺苏莎[①] 前去请人。十分钟之后，爱德华·布雷恩先生的乡间别墅中闯进来一位焦虑不安的伯爵夫人。罗斯顿伯里夫人一旦下定决心，就会十分坚决，毫无疑问，

①一款豪车，在二十世纪二三十年代是高性能和身份的象征。

布雷恩先生意识到，除了顺从别无他法。他出身低微，但最终爬到职业顶峰，与公爵王子们结交，这一切让他感到心满意足。然而，自从他隐退住进这栋古老的房子，他才知道什么是不满。他怀念奉承和喝彩，然而英格兰乡村对他的认同远非他想象的那样迅捷。所以对于罗斯顿伯里夫人的请求，他感到荣幸并为之着迷。

“我会尽自己最大的努力，”他微笑着说，“您知道，我已经有很长一段时间没有在公众面前演唱了。我甚至没有招收学生，只有破例才收那么一两个。但是——既然罗斯凯利先生不幸身体不适——”

“这是一场可怕的灾难。”罗斯顿伯里夫人说。

“他不能算是个真正的歌唱家。”布雷恩说。

他不厌其烦地解释个中缘由。看起来，自从爱德华·布雷恩退隐后就再没有出色的男中音了。

“娜扎科夫夫人演唱托斯卡，”罗斯顿伯里夫人说，“我敢说，你认识她？”

“我从来没有见过她，”布雷恩说，“有一次我在纽约听过她演唱。一位伟大的艺术家——她对于戏剧有着优秀的体悟。”

罗斯顿伯里夫人放下心来——你不可能了解这些歌唱家——他们之间具有相当古怪的嫉妒和反感。

二十分钟后，她重回城堡的大厅，得意扬扬地挥舞着手臂。

“我找到他了。”她大声笑着说，“亲爱的布雷恩先生真善良，我永远不会忘记。”

所有人都围拢在这个法国人周围，他们的感激和欣赏对他来说就是馥郁的芳香。爱德华·布雷恩，尽管已经年近六十，依旧英俊、高大、黝黑，个性充满魅力。

“让我看看，”罗斯顿伯里夫人说，“夫人在哪里？哦！她在那里。”

宝拉·娜扎科夫并没有加入大众欢迎法国人的行列中。她依旧静静地坐在壁炉阴影处一张高高的橡木椅上。当然，壁炉并没有生火，因为傍晚天气温暖，女歌唱家正用一把大棕榈叶扇子慢慢地扇着风。她如此冷淡、疏离，罗斯顿伯里夫人生怕冒犯了她。

“布雷恩先生，”她把他领到女歌唱家面前，“你说你还从来没有见过娜扎科夫夫人。”

宝拉·娜扎科夫最后摇了下棕榈叶扇子，然后把它放下，向这个法国人伸出手。他接住她的手，深深一鞠躬，女歌唱家的唇间轻轻吐了句话。

“夫人，”布雷恩说，“我们以前从未一起演唱过。这是对我的惩罚！但是命运女神眷顾我，如今来拯救我了。”

宝拉轻轻地一笑。

“您真是太好心了，布雷恩先生。当我还是一个可怜的不知名小歌手的时候，我就拜倒在您脚下。你主演的歌剧《弄臣》[①]——那是美妙的艺术，完美无瑕！没有人能够与你比肩。”

“哎！”布雷恩假装叹息，“我的时代已经过去了。斯卡比亚、利哥莱托、拉达梅斯[②]、夏普莱斯[③]，我曾多少次演唱过这些角色啊，现在——再也不唱了！”

“你还会唱——就在今晚。”

“对，夫人——我忘记了。今晚。”

“你曾经唱过很多次《托斯卡》，”娜扎科夫骄傲地说，“但是你从

---

① *Rigoletto*，四幕歌剧《弄臣》（又名《利哥莱托》），完成于一八五一年，同年首演于威尼斯，剧本是根据雨果的剧作《逍遥王》创作的。

② Radames，歌剧《阿依达》中的角色，男高音。

③ Sharpless，歌剧《蝴蝶夫人》中的角色，男中音。

来没有和我一起演唱过。”

法国人鞠了个躬。

“我很荣幸，”他温和地说，“这是一个了不起的角色，夫人。”

“所以需要的不仅仅是一名歌手，而且必须是一名艺术家。”罗斯顿伯里夫人插话道。

“这倒是真的。”布雷恩同意，“我记得当我还在意大利，是个年轻小伙子时，去过米兰一家异常偏远的剧场。那个座位只花了我几里拉[①]，但我听到的却是和纽约大都会歌剧院中一样美妙的声音。一个非常年轻的女孩在唱《托斯卡》，她表演得如同天使一般。我永远不会忘记她唱的那句‘为了艺术’，那种清脆，那种纯洁。只是缺少戏剧的表现力。”

娜扎科夫点点头。

“这需要时间。”她平静地说。

“是的。那个年轻女孩——比安卡·卡佩利，她的名字——我对她的职业生涯感兴趣。通过我，她获得了宝贵的机会，但她实在是太蠢了——蠢得令人遗憾。”

他耸耸肩膀。

“她怎么愚蠢了？”

说话的是罗斯顿伯里夫人二十四岁的女儿，布兰奇·艾莫利。她是个长着大大的蓝眼睛的苗条女孩。

法国人立刻礼貌地转向她。

“哎！小姐，她和一个卑鄙的家伙，一个恶棍，一个克莫拉[②] 成员

---

①意大利和土耳其的货币单位。

② Camorra，一八二〇年前后在意大利那不勒斯组成的一个秘密团体，一度发展成颇有势力的政治组织，后因从事诈骗、抢劫等非法恐怖活动在一九一一年被取缔。

纠缠不清。那个男人惹上了警察，被判了死刑。她跑来请求我想办法救救她的情人。”

布兰奇 · 艾莫利盯着他。

“那你帮她了吗？”她屏住呼吸。

“我，小姐，我能做什么呢？我是个外国人。”

“但你可能有些影响力？”娜扎科夫说，声音低沉而响亮。

“就算我有，我也怀疑我是否应该去运用这种影响力。那个男人不值得我这么做。为了那个女孩我尽了全力。”

他微微一笑，然而他的笑容中突然有什么特别令人讨厌的东西触动了这个英格兰姑娘。她觉得，此时此刻，他的言语完全口不应心。

“你做了你能做的一切，”娜扎科夫说，“你真的很善良，她一定满心感激，嗯？”

法国人耸耸肩。

“那个男人被处以极刑，”他说，“而那个女孩进了修道院。嗯，瞧！这个世界失去了一位歌唱家。”

娜扎科夫低声笑了。

“我们俄国人可没那么坚贞。”她满不在乎地说。

当女歌唱家说话的时候，布兰奇 · 艾莫利正好在看着科文，她看到他的脸上蓦然一惊，他的嘴半张着，宝拉警告地瞥了他一眼，他才顺从地把嘴牢牢闭上。

管家出现在门口。

“该吃午饭了，”罗斯顿伯里夫人站起来，“可怜的人儿，我真替你们难过，在演唱之前饿肚子一定糟透了。但过后总会有一顿可口的晚餐。”

“我们非常期待，”宝拉 · 娜扎科夫说，她温柔地笑着，“演完之后！”

3

在剧场里，《托斯卡》的第一幕刚刚结束。观众骚动起来，交头接耳。迷人而优雅的王室成员都坐在前三排的天鹅绒椅子上。每个人都在窃窃私语，觉得娜扎科夫第一幕的表演和她的名声并不相符。大部分观众没有意识到，这才是歌唱家展现出的艺术，在第一幕中，她在节省自己的嗓子和体力。她将拉·托斯卡塑造成了一个快活、轻佻的形象，玩弄爱情，卖弄风情，善妒又易于激动。布雷恩，尽管他的嗓音已经过了黄金期，但依旧精彩展现了斯卡比亚这个角色。在他扮演的这个享乐主义角色中，看不到丝毫衰老的迹象。他塑造了一个英俊、几近仁慈的斯卡比亚，只在外表之下流露出些许恶意。在最后一段中，伴随着风琴和队伍，斯卡比亚站在那里沉思，得意地盘算着得到托斯卡的计划。布雷恩的表演出神入化。现在幕布升起，第二幕开始了，场景是在斯卡比亚的公寓里。

这一次，当托斯卡上场时，娜扎科夫的艺术感立刻充分发挥出来。呈现在观众眼前的是一名优秀的女演员扮演的一个处于极度恐惧之中的女人。她简单地向斯卡比亚打了招呼，表现得若无其事，她居然微笑着回答他的问题！此时此景，宝拉·娜扎科夫在用她的眼睛表演，她的行为举止极度镇静，脸上带着冷漠却又挂着微笑。只有她向斯卡比亚投射的目光出卖了她的真实情感。随着故事的发展，刑讯拷问的那一幕打破了托斯卡的平静，她倒在斯卡比亚的脚下徒劳地哀求他的怜悯。老勋爵莱康米尔，一位音乐鉴赏家，也被深深打动，坐在他身边的一位外国大使低声说：

“她超越了自我，娜扎科夫，就在今晚。没有任何女人可以像她在舞台上这般纵情任意。”

莱康米尔点头同意。

现在，斯卡比亚开出了他的价码，托斯卡慌不择路地向窗户跑去。随后远处传来鼓声，托斯卡疲惫不堪地倒向了沙发。斯卡比亚站在她身旁，念叨着他的手下正在支起绞刑架——紧接着就是一片死寂，接着再次传来鼓声。娜扎科夫趴在沙发上，头向下垂着，几乎就要碰到地板，且被头发整个遮住。然后，与之前二十分钟的激情和紧张形成鲜明对比的是她的声音，响亮、高亢又清澈，那声音，就像她告诉科文的那样，如同唱诗班的孩子或者天使一般。

> 为了艺术，为了爱而活着，我从未伤害到一个生灵！当手中握有许多秘密时，我释然了许多所了解的不幸。[①]

这是一种好奇、困惑的孩子般的声音。然后她再次跪下来哀求，直到史波雷塔[②]进来为止。托斯卡精疲力竭，终于屈服了，斯卡比亚说出了致命的双关语。史波雷塔再次离开。接下来就是那个戏剧性的时刻，托斯卡用她发抖的手举起一杯葡萄酒，看见了桌上的一把刀，于是拿来藏在身后。

布雷恩起身，英俊，乖戾，充满激情。“托斯卡，你终于是我的了！”[③]一把刀如闪电般刺中了他，托斯卡发出了复仇的唏嘘声：

“这就是托斯卡之吻！”[④]

娜扎科夫从前从未如此欣赏托斯卡的复仇行为。最后一声狂热的

---

①原文为意大利语：Vissi d'arte，vissi d'amore，non feci mai male ad anima viva! Con man furtiva quante miserie conobbi，aiutai.

② Spoletta，《托斯卡》中的角色，警察总督助手，男高音。

③原文为意大利语：Tosca，finalmente mia!

④原文为意大利语：Questo e'il bacio di Tosca.

低语："该死的。"然后剧院里响起一个奇怪、平静的声音：

"现在我原谅他了！"①

轻柔的死亡曲调响起，托斯卡开始她的仪式。她把蜡烛放在他头部的两边，将十字架放在他的胸前，她最后在门口停下，回头凝望，鼓声从远处传来，幕布落下。

这一次，观众中爆发出真正热烈的回应，但却只有很短的时间。有人匆匆从舞台侧面跑出来，与罗斯顿伯里伯爵说话。他起身，经过一两分钟的商议，转身召唤唐纳德·卡尔索普爵士。这位爵士是一位著名的医生。几乎就在同时，真相开始在观众中传播开来。发生了一起事故，有人受了重伤。一名歌剧演员在幕布前出现，解释说布雷恩先生不幸遭遇了一场事故——歌剧不能继续演出了。于是谣言再次传开，说布雷恩被刺伤了，娜扎科夫失去了理智，她沉浸在角色中难以自拔，以至于真的刺伤了和她一起演戏的那个男人。莱康米尔勋爵正在和他的大使朋友说话，感到有人碰了碰他的胳膊，回头一看，正遇上布兰奇·艾莫利的目光。

"这不是一场事故。"这个女孩说，"我很肯定这不是一场事故。你没听到吗，就在晚餐前，那个意大利女孩的故事？那个女孩就是宝拉·娜扎科夫。就在那时，她说自己是俄国人，我看到科文先生看上去很惊讶。她可能是取了个俄国名字，但是他很清楚她是意大利人。"

"我亲爱的布兰奇。"莱康米尔勋爵说。

"告诉你，我敢肯定。她的卧室中有一份画报，正好翻到布雷恩先生在英格兰乡下的别墅那一页。她在来这里之前就已经知道了。我认为她肯定是给那个可怜的小个子意大利人吃了什么东西，让他生了

①原文为意大利语：Or gli perdono!

病。”

“但是为什么？”莱康米尔勋爵叫道，“为什么？”

“你还没有明白吗？这就是又一个《托斯卡》的故事。在意大利的时候，他就想要得到她，但是她对自己的情人很忠诚，当她因为想救情人而去找他帮忙时，他假装应承了下来。实际上却放任她的情人死去。最终她的复仇时机来临了。你没听到她唏嘘地说‘我就是托斯卡’吗？她说话的时候我看到了布雷恩的脸，那时他已经知道了——他认出了她！”

在化妆室里，宝拉·娜扎科夫静静地坐着，一件白色的貂皮斗篷裹在身上。有人在敲门。

“请进。”女歌唱家说道。

埃莉斯走进来，她呜咽着。

“夫人，夫人，他死了！而且——”

“什么？”

“夫人，我要怎么告诉你呢？来了两位警察，他们想要和你说话。”

宝拉·娜扎科夫站起来。

“我会去见他们的。”她平静地说。

她解下了脖子上的一串珍珠项链，然后把它放到了法国姑娘的手中。

“这个送给你，埃莉斯，你是个好姑娘。我要去的地方可不需要这种东西。你明白吗，埃莉斯？我再也不会唱《托斯卡》了。”

她在门口站了片刻，眼睛扫视了化妆室一圈，就好像她在回顾她过去的三十年职业生涯一般。

然后她从齿间轻轻地说出另一出歌剧里的最后一句台词：

喜剧结束了！[1]

①原文为意大利语：La commedia e'finita！歌剧《丑角》的最后一句台词。

图书在版编目（CIP）数据

金色的机遇 /（英）阿加莎 · 克里斯蒂著；梁尔译 . —— 北京：新星出版社，2017.11（2022.4 重印）

ISBN 978-7-5133-2884-5

Ⅰ . ①金… Ⅱ . ①阿… ②梁… Ⅲ . ①故事－作品集－英国－现代 Ⅳ . ① I561.45

中国版本图书馆 CIP 数据核字（2017）第 251210 号

午夜文库
谢刚 主持

金色的机遇

[英] 阿加莎 · 克里斯蒂 著；梁尔 译

责任编辑： 曹晓雅
统筹编辑： 王　欢
责任印制： 李珊珊
封面插图： 宣　和
装帧设计： 周伟伟

出版发行： 新星出版社
出 版 人： 马汝军
社　　址： 北京市西城区车公庄大街丙3号楼　100044
网　　址： www.newstarpress.com
电　　话： 010-88310888
传　　真： 010-65270449
法律顾问： 北京市岳成律师事务所

读者服务： 010-88310811　service@newstarpress.com
邮购地址： 北京市西城区车公庄大街丙 3 号楼　100044

印　　刷： 北京美图印务有限公司
开　　本： 910mm × 1230mm　1/32
印　　张： 8.625
字　　数： 116千字
版　　次： 2017年11月第一版　2022年4月第四次印刷
书　　号： ISBN 978-7-5133-2884-5
定　　价： 39.00元